Las muertes de Natalia Bauer

Aline Pettersson

Las muertes de Natalia Bauer

LAS MUERTES DE NATALIA BAUER
D. R. © Aline Pettersson, 2006.

 ALFAGUARA ^{MR}

De esta edición:
D. R. © Santillana Ediciones Generales, S.A. de C.V., 2006
Av. Universidad 767, Col. del Valle
México, D.F. 03100, Teléfono 5420 7530
www.alfaguara.com.mx

- Distribuidora y Editora Aguilar, Altea,Taurus, Alfaguara, S.A.
  Calle 80 No. 10-23. Santafé de Bogotá, Colombia.
  Tel.: 6 35 12 00
- Santillana S.A.
  Torrelaguna, 60-28043. Madrid.
- Santillana S.A.
  Avda. San Felipe 731. Lima.
- Editorial Santillana S.A.
  Av. Rómulo Gallegos, Edif. Zulia 1er. piso
  Boleita Nte. Caracas 1071. Venezuela.
- Editorial Santillana Inc.
  P.O. Box 5462 Hato Rey, Puerto Rico, 00919.
- Santillana Publishing Company Inc.
  2043 N. W. 86th Avenue Miami, Fl., 33172 USA.
- Ediciones Santillana S.A. (ROU)
  Javier de Viana 2350, Montevideo 11200, Uruguay.
- Aguilar, Altea, Taurus, Alfaguara, S.A.
  Beazley 3860, 1437. Buenos Aires.
- Aguilar Chilena de Ediciones Ltda.
  Dr. Aníbal Ariztía 1444.
  Providencia, Santiago de Chile. Tel.: 600 731 10 03
- Santillana de Costa Rica, S.A.
  Apdo. Postal 878-150, San José 1671-2050, Costa Rica.

Primera edición en Alfaguara: enero de 2006

ISBN: 970-770-013-0

D. R. © Diseño de cubierta: Angélica Alva Robledo, 2005
D. R. © Fotografía: Rodrigo Moya, 1966

Impreso en México

Índice

Nosotros los que vivimos ahora estamos muriendo
Con un poco de paciencia.
T. S. Eliot

En la arena caliente, temblante de blancura
cada uno es un fruto madurando su muerte.
Idea Vilariño

Virgilio

nat@orbis.ca julio 28, 1999
Sólo unas líneas para decirte cómo disfruté de tu estancia
aquí. Te extraño Marcela, extraño las noches conversando
contigo en el porche. Hace calor. Ya regresó Brian de la
polar isla Baffin. Ayer mismo fuimos los dos a una larga
caminata. Ya sabes lo que esos paseos me provocan, lo que
me han provocado siempre. Me excitan y me calman al
mismo tiempo: escuchar el correr alegre del agua del río,
el ruidero de los pájaros y el zumbido de los insectos, aunque te tengas que defender de los mosquitos, oler el aroma de las plantas, en fin, es algo así como llenarte con la
libertad de la naturaleza, que, por otra parte, obedece su
ciclo implacable. Se me quedaron colgadas muchas palabras que ya no tuve tiempo de lanzarte. Natalia.

nat@orbis.ca agosto 6, 1999
Querida Marcela, me alegra saber que todo está bien por
allá. Aunque me siento un poco huérfana de ti, y me da
envidia tu gente. Además este medio electrónico es tan frío
como el invierno canadiense que por suerte todavía está
lejos. Y explayarse por teléfono la deja a una en la miseria.
Y los carteros van a ser pronto una especie en extinción.
¿Te acuerdas de nuestras kilométricas cartas de antes?
Estoy segura de que debe ser por la rudeza del clima, pero
la exuberancia de la charla no es aquí la regla, ni con los
amigos, ni con el mismo Brian, como tú bien sabes. Tu
visita me hizo recordar esos otros modos bastante más des-

bordados que aquí se quedan bajo el tapete. Bueno, hace mucho que ya adquirí la costumbre, pero cuando llega el furor del trópico, renazco como la verdolaga, que te pido paladees en mi nombre.

No lo achaco a la explosión de la charla jubilosa, donde también se asomó el dolor que suele hacerse presente en las confidencias, pero por alguna razón extraña, hace días que me siento fatigada. Aunque sigo trabajando con la traducción que, como siempre, me distrae mucho. Te contaré que Robert Muller, mi colega y amigo, nos invitó a un ciclo estupendo de cine canadiense que ojalá llegara por allá. Hay dos filmes que me encantaron y que te recomiendo mucho: *Mi tío Antonio* de Jutra y *Léolo* de Lauzon. Robert maneja el cine club de la universidad y alguna vez hubo entre nosotros un breve encuentro, ¿será por sus ojos amarillos?

P.D. Hace un calorón de los mil diablos.

nat@orbis.ca agosto 11, 1999

Cómo siento que la huelga de la UNAM se esté volviendo el dolor de cabeza que es. Vaya que la vida universitaria ha estado marcada por estas circunstancias, y yo soy alguien a quien la vida le cambió por aquella otra ya tan lejana, mas nunca lejana en el recuerdo. Y ésta es realmente una pesadilla, según me cuentas. Y no sólo lo dices tú, todas las noticias que me llegan me entristecen. Entonces me desespera estar lejos, me hace falta escuchar la radio, la TV, o lo que te dice la gente en el mero momento, vaya, el calor de lo inmediato que se está viviendo. He visto cómo las opiniones han ido cambiando. Me escribieron los Artigas y me relataron las vejaciones que sufren para llegar al Instituto. Y algo insoslayable es que los experimentos no tienen calendario, ni tampoco pueden estar sujetos al arbitrio de esos vándalos. Ojalá que ya termine todo esto. Aunque, bueno, las diferencias sociales son tan abismales que también entiendo su odio. Su tiempo clausurado al nacer. En cuanto a mí, sigo muy fatigada, en las noches parece que acabara de escalar el pico más alto del mundo, que por supuesto no estaría por aquí, casi tan plano como el pecho de una niña de ocho años. Espero que sea pasajero. Sin embargo, tomo fuerzas para organizar mi curso de "Las mujeres en la historia de México". Nunca me imaginé, cuando lo propuse, que me iba a entusiasmar tanto. Pero ha sido algo fantástico y pese al tiempo que llevo dándolo, sigo tan excitada como el primer día. Y como aquí aunque no ideales las condiciones han sido años luz mejores para las mujeres, los estudiantes se sorprenden de cómo se estilaba (¿se estila?) en aquellas nuestras regiones.

Sigo reuniéndome con el grupo de amigas, Peggy (la pelirroja con aquella vieja y complicada historia) está preparando un libro sobre la inmigración caribeña en Canadá. Realmente soy muy afortunada de tener este grupo divertido y estimulante. Por cierto, Dianne te manda muchos saludos.

Va a venir Óscar a pasar unos días con nosotros. Estamos muy contentos. Besos, N.

nat@orbis.ca agosto 12, 1999

Mi niña, me alegra saberte tan dichosa, y que Claudia vaya bien en la escuela. Lo de tu boda nos tiene muy entusiasmados a tu papá y a mí, y yo, ya me conoces, no paro de hablar de ella. Realmente Jorge es un hombre que me simpatizó mucho. Tiene una serie de cualidades que me hace pensar que harán un buen matrimonio, y el hecho de que se entienda tan bien con Claudia permite suponer que el futuro va a traerles muchas cosas buenas. Te lo mereces, hija. Mañana en la noche te hablaremos como siempre, por lo pronto sólo estas líneas en lo que escucho tu voz. Espero que tus estadísticas de las encuestas te permitan algún descanso. Quién hubiera dicho que tu carrera de matemáticas acabaría siendo tan del orden de lo social. Te mando un beso enorme, tu mamá.

nat@orbis.ca agosto 15, 1999
Óscar querido, te estamos esperando con ansias. Iremos por ti al aeropuerto. Se te olvidó darnos el número del vuelo. Un beso de tu madre.
P.D. Aprovecharé para ir en Toronto de tiendas. La frivolidad también tiene espacio en la vida, ¿no crees?

nat@orbis.ca septiembre 2, 1999
Apenas vuelvo a tener un rato para contestarte, Marcela, y es que la visita de Óscar me ocupó todo el tiempo. Fue un deleite. Está entregado a sus estudios, ¿quién lo hubiera dicho? El caso es que, primero a jalones y empujones, pero finalmente resultó más serio de lo que su adolescencia hacía temer. Está bastante cerca de doctorarse. Creo que te lo dije, se piensa dedicar a la televisión. Sartori lo tiene muy interesado. La política atrapada por la imagen. ¿Cambiará un poco la tónica de la TV? Sueños de opio, ¿no? En fin, por lo menos a él no lo varan los problemas universitarios de ustedes. Aunque le duele la injusticia social tan tremebunda. Y a mí, los ideales de nuestra juventud en un bote de basura.
Por otra parte, las hojas de los árboles están cambiando de color y aquí el otoño es un espectáculo francamente increíble. El corazón te brinca y no quieres dejar de verlas porque muy pronto se caen y Brian deberá entonces empezar con su labor de barrendero. Cada noche se pasea por el jardín un mapache y su ruidito se oye en el silencio como los pasos de un oso. Bueno, exagero, ya me conoces. Por otra parte, volvimos a la pana, adiós ropa veranie-

ga. Es bastante chistoso cómo la gente se rige más por el calendario que por el clima, pero es impensable seguir usando ropa clara en estas fechas, calor o no calor. El uniforme se impone. Y aquí se ríen de que nuestro invierno por allá tal vez sean las monumentales lluvias de julio y agosto.

Qué pena que las cosas de la U no se arreglen, pero me alegra saber que al menos de salud estás bien. Supongo que las conversaciones deben ser casi monotemáticas por aquellos rumbos. Pero el hecho de que te vayas a Buenos Aires al congreso te debe aligerar un poco.

Sigo con la traducción que ya avanzó un trecho largo. N. P.D. Si ves a Silvia la saludas de mi parte, dile que no he sabido de ella hace tiempo.

nat@orbis.ca septiembre 12, 1999

Querida Marcela, no te había escrito porque me la he pasado en estudios médicos. Mañana tengo cita y también te digo que tengo miedo. Han sido lo bastante abundantes como para no prometer un tiempo de rosas. ¿Te acuerdas de cómo estaba yo hace años en un estado de ánimo atroz que no sé ni cómo me aguantaron? Ahora lo veo tan lejano, como si aquella Natalia hubiera desaparecido, y ésta, la que te escribe, ni siquiera se hubiera topado con aquélla nunca.

En fin, pasemos a otra cosa, Brian está claro preocupado por mi salud, pero muy contento: le propusieron hacer un libro con sus fotos sobre la gente marginal de México. Hay miles de fotos interesantísimas que hasta ya se le habían olvidado. Está haciendo una primera selección muy rigurosa pero con la solicitud de que yo le ayude a escogerlas, y eso está bien, así nos olvidamos de todo lo demás. No es poco que te ofrezcan hacer un libro con tu obra. Un beso, N.

nat@orbis.ca septiembre 15, 1999

Querida Sara, no quiero alarmarte y menos ahora que estás con lo de la boda, pero no he estado bien y parece que me van a operar en unos días. Tengo un tumor que espero esté a tiempo de no darme más problemas. Bien sabes que aquí la medicina está muy desarrollada, así que confío dado que no he tenido más síntoma que la fatiga, que estaremos a tiempo.

En la noche te llamo, sólo quería prepararte antes del teléfono para que no te caiga tan de sorpresa. Espero que hayas tenido tiempo de asomarte en la oficina al correo.

No te preocupes, todo saldrá bien. Ya se lo dije también a Óscar porque me parece que deben saberlo ustedes los primeros, pero te insisto, todo va a estar bien. Y no se te ocurra pensar en venir, con tu papá me basta y sobra. Te quiere mucho, tu mamá.

P.D. No le digas nada a tus abuelos, ya les hablaré yo.

nat@orbis.ca septiembre 16, 1999

Vaya, mi querida Silvia, por fin sé de ti y me alegra que todo marche viento en popa contigo, que tu negocio haya podido capear estos tiempos duros. Qué bueno que te decidiste a asomarte a las ventanas del mundo de la computación. Yo he tenido unos problemillas y me van a operar la semana que viene. Te estoy contestando tan pronto recibí tu correo porque después tal vez no pueda por un rato. Un abrazo muy grande, Natalia.

nat@orbis.ca octubre 3, 1999

Querido hijo, sólo unas líneas (todavía no tengo muchas fuerzas), pero quiero decirte que tus llamadas como las de tu hermana me han dado mucho consuelo. Un beso.

nat@orbis.ca noviembre 15, 1999
Querida M, gracias por tu telefonazo que me hizo tanto
bien. El doctor, que es principalmente un investigador y
que te semblantea a ver si tienes intención de entrar en un
protocolo de esos de investigaciones médicas, nos dijo que
podía yo esperar un par de meses antes de decidirme a
ingresar en uno. Que sería de provecho ver qué dirección
toma el cáncer ahora que ya no existe el tumor primario.
Esperé un mes pero me dio susto, ya sabíamos que el cáncer se había pasado al pulmón. Ahora sabemos que no se
paró, que siguen creciendo las metástasis y que es mejor
iniciar el tratamiento. Pero falta saber cuál tratamiento y
cuándo empiezo. No logro que me conteste el doctor, ya
llevo dos días sentada frente al teléfono. ¡Qué friega! Tuve
que pedir un permiso en la universidad, no puedo hacer
nada, no me concentro. Tomo cosas extrañísimas como
un jugo de pasto de trigo, comidas muy saludables y hago
ejercicio. Ya hace frío, pero salgo a caminar con Brian cuando se puede. Y si me topo con alguna piedra, la pateo para
no perder la sana costumbre.
Tan pronto tenga más fuerzas, me propongo continuar
con la lectura del libro
La muerte de Virgilio de Broch, que me recomendaste
cuando estuviste aquí conmigo antes de todo esto. Lo tengo cerca de mi cama, pero hasta el tamaño del libro me
parece insostenible por lo pronto. ¿Te acuerdas de que Vicente me regaló hace mil años *El oficio de vivir* de Pavese?
De aquel asunto me libré con todo y Pavese, espero no
seguir ahora a Virgilio.
Me alegra que te haya ido tan bien en Buenos Aires (no
podría haber sido de otra manera) y me apena que no se
arreglen los líos en la UNAM.
Bueno, hay que seguir adelante aquí y allá. Te quiere, N.

nat@orbis.ca noviembre 22, 1999

Hola, doña Silvia, quién me iba a decir que pudiste ayudarme por esta vía a solucionar los problemas de la computadora. Estos aparatos son endemoniados, parecen muy obedientes pero se alocan y todo se vuelve un caos. La tecnología parece cosa de brujería. Claro, para mí, no para ti. Ya recibí el segundo tratamiento de la quimioterapia y voy jalando. Se siente una fosforescente con la guerra que las células se traen por dentro.

El frío empieza a dejarse venir, pero falta mucho para lo peor. Los días están más que nublados. Brian ha sido un apoyo muy grande y mis hijos no paran de llamarme. Si las cosas van por buen camino, iremos por allá para la boda de Sara que será el 10 de enero. No sabes qué feliz me hace el asunto. Regresaremos a mediados de febrero en que tengo cita con el médico. Espero verte allá. Salúdame a Esteban y a tus hijos. N.

nat@orbis.ca diciembre 4, 1999

Mi querida Marcela, ¿qué te puedo decir que no sea quejarme de todas las atrocidades que se le infligen a mi cuerpo y mente a raíz de este diagnóstico maldito? La batalla de los doctores contra mis células buenas y malas me tiene hecha una ruina. Se me cayó el pelo y me agencié mil sombreritos y mascadas y demás payasadas. Pero ahora se me taparon los folículos y tengo un conjunto de granos que me hace difícil el uso de las monerías que tenía para protegerme del ridículo.

Así pues, la imagen se va cayendo a pedazos y con ella, la dignidad y la cordura. Broch dice que el hombre tiene preocupación por su dignidad que de cualquier modo nunca llega a poseer, y la mía, Marcela, se me está haciendo humo. Sin embargo, mi horóscopo de hoy anuncia que se me va a abrir una veta creativa precisamente hoy, así que voy a intentar seguir con Broch, porque dicen que leer es también escribir, ¿será? Por otra parte, Brian está muy solícito, aunque cómo me gustaría que fuera más conversador. Claro que hablamos, no te lo voy a negar, pero… En un mes y 6 días es la boda de Sara. Le pedí que no cambiara la fecha, que iremos para allá. En último caso, irá sólo Brian, aunque espero que yo también pueda hacerlo. Créeme que si en cualquier caso un nuevo proyecto de vida de los hijos es siempre felicidad para los padres, con éste de Sara, después de aquel horrible asunto con Paco, se me hace más imperioso el estar a su lado. El tiempo (y mi cuerpo) lo dirá. Aunque antes va a venir ella con Claudia y también Óscar para pasar aquí la navidad. Ojalá que esté nevando para que mi nieta lo disfrute. Le dejaré a Brian la cocina para él solo. Bueno, para él y los muchachos.

Pero sí te digo, Marcela, que estoy de mírame y no me toques. No sé si son las medicinas o el vivir en esta incertidumbre, fuera de contexto, atemporal, casi como un *blip* del *e-mail* que me tiene en el límite. Me corto y quemo cuando cocino y luego no cicatrizo porque las células T andan bajas. No le atino a la bolita de la computadora, todo lo siento desquiciado. Y yo, mucho más.

Ojalá entiendas este desmesurado correo. Todo mi cariño, N.

nat@orbis.ca diciembre 26, 1999

Querida M, todavía están aquí mis hijos y nieta (cual es de suponerse), pero me les escabullí para enviarte unas líneas. Celebramos la navidad con un pavo que hornearon Brian y mis hijos. Y la pasamos contentos. Ya estoy entrando en mi período bueno (dos semanas después del tratamiento) y debería ponerme a revisar la traducción. Siempre hay ajustes, pero ya que cuento con el permiso de la universidad, voy dedicarme a ella cuando no me afane con la familia.

Lo que me cuentas del fulano de no malos bigotes, me parece más que bien, aunque el hecho de que tengas tú problemas de ciática debe ser un horror. Tu solución de incorporarte a los zapatos tenis para caminar, en ti sugiere una imagen por demás provocativa. Tú, la cuidadosa impecable del aspecto. Bienvenida a los tiempos de hoy. Te supongo con un traje de *jogging* perfectamente bien coordinado, ¿me equivoco? Pero se llega a todo, ya ves, yo con mis gorros y demás fachas. Y ahora te confieso, he sido muy cuidadosa, en bien de mis hijos y especialmente de Claudia. Mejor que no vea a su abuela hecha un verdadero desastre. Aunque te diré que la sorprendí en la puerta de mi cuarto cuando me estaba colocando un turbante. Nunca voy a olvidar sus ojos azorados que yo hubiera querido evitarle. El humus del ser (dice Broch) se pudre.

Y sí ha nevado, lo que es una bendición para la niña. Se lleva bien con las hijas de Laureen y se ha ido con ellas a disfrutar de la nieve. Hace frío, pero hay sol y el cielo está muy azul, lo que ya es ganancia. Debo decirte que Claudia disfruta eso de quitarse los zapatos en la casa, justo lo contrario de lo que les piden las mamás a los niños de allá. Recibe todo mi cariño y un saludo para las amigas. N.

P.D. No sabes cómo atesoro la dotación de tortillas y salsas que me trajeron. Pero la mera verdad es que no tengo hambre.

nat@orbis.ca diciembre 28, 1999

Querida Silvia, muchas felicidades para estas fiestas. Me dieron permiso de ir a la boda de Sara. Espero verte. Un beso, Natalia.

P.D. ¿Te acuerdas de la cajita que me trajiste hace años de Rusia? La conservo llena de los colorines que junté durante muchos años, y vi a Claudia, mi nieta, con ellos en la mano, cosa que me conmovió. Ahí en esa cajita de laca fui depositando mi esperanza que hoy está algo maltrecha.

nat@orbis.ca febrero 24, 2000

Querida Marcela, ya se fue la "burbuja" de México con toda mi gente querida. Qué bueno haber pasado esos días por allá. La boda, como ya te dije por allá, salió muy linda, aunque la pura familia feliz. Yo la sigo recordando con el corazón desplegado como cola de pavo real. Cómo siento que no fuera más grande, pero… Sobre todo, no sabes la felicidad que me dio el ver a Sara tan contenta. Vaya que se lo merece, y Jorge parece igual de contento, lo mismo que Claudia. Pero aquí estoy de nuevo en un frío terrible, encerrada tras las cuatro paredes de mi casa. Y bueno, que ya esté en la casa es ganancia. Brian sigue cuidándome con mucho cariño (y paciencia).

A pesar de que ya pasé a otro nivel de enfermedad, es decir, después de la última quimio, me vinieron varias infecciones y acabé en el hospital con los glóbulos blancos muy bajos. El antibiótico tuvo que ser por vía intravenosa. Pero entonces en vez de verme más cauta, me vi más audaz que antes. Es la memoria la que parece no anclarse en lo malo, casi como con el parto, no lo recuerdas y te vuelves a embarazar. Así pues, cuando estoy bien, me siento estupenda. Pero, ¿para qué te digo?, ahora estoy en suspensión de actividades pues todo sigue bajo. No tardo en recuperarme. Por lo pronto sigo cuando me alcanzan las fuerzas con *La muerte de Virgilio*. No cabe duda que uno cambia su comprensión del tiempo para morirse. El libro te obliga a desacelerarte sin remedio. A ir desmenuzando los instantes y detenerte a ver cómo cae la nieve, blanca, purísima, y cómo se va manchando; escuchar a Mozart siempre con la felicidad de una primera vez. Todo esto te hace reflexionar, lo que de todos modos harías, pero algo menos sola. Virgilio se vuelve tu guía, y no sólo del Dante.

Por otra parte, en mi grupo que ha venido a reunirse aquí en mi casa, estamos elaborando el proyecto de una revista que toque ciertos problemas no resueltos de las mujeres. Laureen la está organizando y Dianne está recogiendo textos para ilustrarlos, las demás colaboran en lo que pueden y yo les ofrezco té o café y ya es mucho. Queremos trabajos de todo tipo pero muy actuales, Betty Friedan abrió un campo fantástico de acción, pero las ideas han evolucionado, aterrizado. El tiempo corrió un trecho largo. Y bastante de aquellas batallas pertenece ya a la prehistoria (por fortuna). *La Venus* de Wittenberg está bien en el museo. Pero hay que seguir luchando.

Tus nuevas perspectivas de investigación me entusiasman, hay tanto en la historia de México digno de ser rescatado, como lo que tú te propones. Eso de investigar en los diarios de las monjas me suena muy interesante.

Qué bueno que te gocé por allá en el clima benigno de nuestra ciudad, así como también gocé la comida. Cuéntame todo. Un beso de la desfallecida N.

P.D. Año capicúa, ¿la serpiente que se muerde la cola?, ¿el círculo que se cierra?

nat@orbis.ca marzo 5, 2000
Querido Óscar, no te preocupes mucho por tu madre, como te dije ayer, ya estoy entrando en mi período bueno. Y me alegra que hayas podido tener el apoyo para ir a Italia. Qué envidia. Tu papá me pide que te diga que te vamos a hablar mañana en la noche. Te escribo porque tengo abierto lo del correo y sabemos que ahora estás inencontrable. Un beso muy grande de tu madre.

nat@orbis.ca marzo 5, 2000

Querida Sara, sólo unas líneas para decirte que te quiero mucho. Aquí el clima lo domina todo con sus dramatismos de nieve a montones, tormentas y hasta algún brote verde perfectamente irresponsable, que nace y se muere al instante. Pero vaya que es un espectáculo vital y fuerte. Lo que me dices de Claudia me ha encantado. La felicitación por su trabajo sobre estas regiones canadienses no sólo habla de su percepción sino también de su facilidad para ponerla por escrito. Dile que su abuela se puso feliz con su éxito. Salúdame mucho a Jorge.

nat@orbis.ca marzo 7, 2000

Querida Marcela, el culpable ha sido H. Broch que me ha abierto puertas muy grandes. Estoy tratando de escribir para la revista y como tengo que hacerlo en inglés y con mucho cuidado, el lenguaje tan minucioso de su libro ha sido de una gran ayuda. Empiezo a excitarme con eso del idioma. *Virgilio* es de lo más a propósito para mí, lo estoy gozando muchísimo. Lo he saboreado lentamente por las noches, todavía tan largas como el libro. Lo he saboreado junto con los escritos del Virgilio de a de veras y con todo lo que se le relacione que me haya yo topado por aquí. En fin, que ha sido un placer que me conecta contigo que me lo recomendaste, pues gracias a ti, supe de él. Aunque cuando me hablaste de Broch, aún era yo dueña total de mi cuerpo. Hoy me he dedicado sólo a recordar mi estancia en México. Todavía guardo el recuerdo muy intenso de allá, tantas charlas estupendas contigo. Además ver a mi hija empezando una vida nueva que espero la llene de cosas buenas.

Vaya que las monjas hasta en sus diarios debían ser dirigidas por los hombres, en este caso, sus sesudos confesores. Mantenme al tanto de tus progresos. N.

nat@orbis.ca marzo 8, 2000
Queridísimos e inolvidables Artigas, nunca llenos de fatigas. Sólo quiero reiterarles cómo disfruté ayer con su llamada. También les reitero mi alegría de que en febrero terminara el horror de la huelga. Sus ratones (pobres) no sé cuánto lo celebren. Un fuerte abrazo, Natalia.

nat@orbis.ca marzo 9, 2000
Querida hija, les hablamos ayer, pero no nos contestó nadie. Hoy lo intentaremos de nuevo. Me siento muy bien y disfrutando de los pequeñísimos indicios de una primavera que se anuncia para el futuro y que se asoma y luego luego se oculta. Por fin, ¿qué día piensan llegar por este frío pueblito de Waterloo? Corrijo, ciudad. Óscar todavía no sabe si puede venir. Ojalá. Dile a Claudia que siento mucho que el nombre de *loon* sea el de sumergujo, como el de mi grupo de amigas, a pesar de que el nombre le pareció tan feo, no así el animalito que ella ha visto nadar en el pantano como rey. Pero será temprano en el año para verlos. Cuéntale que fuimos al festival de la miel de maple, y que comimos *pancakes* chorreados de miel sintiendo mucho que no estuviera ella con nosotros. Dile también que espero que para cuando vengan empiecen a aparecer los petirrojos. Me propongo disfrutar con ella y el abuelo de algunos paseos. Un beso.

nat@orbis.ca marzo 10, 2000
Qué sorpresota fue recibir tu correo, mi querido Tomás, *long time no see*, dirían por acá, aunque lo de *see* no sea muy exacto. Te contaré que unos amigos nuestros, Édgar y Sue, tienen un hijo parecidísimo a tus gemelos. Es más o menos de la misma edad. ¿Dónde estabas tú hace 18 años? Espero que no por estos rumbos. Un abrazo muy grande, Natalia.

nat@orbis.ca marzo 10, 2000

Hola Marcela, mañana vuelvo al tratamiento, espero sentirme bien para las vacaciones de pascua en que vendrán mis hijos. Esta espera me desespera, pero, ¿qué le vamos a hacer? Brian se acaba de asomar y te manda muchos saludos. La *Jane Corkin Gallery* de Toronto lo invitó a hacer una exposición en enero del año que entra. O sea dentro de un siglo para mí. Terminé mi artículo para nuestra revista. Pero ya me cansé de los árboles pelones, del frío endemoniado, de la oscuridad. Y tú, seguramente gozando de la caricia de la primavera. Un beso, N.

P.D. ¿Cómo van tus monjas? Ojalá que no acabes en un convento enamorada de la vida contemplativa.

nat@orbis.ca marzo 11, 2000

Querida Silvia, recibí tu correo, parto ahora al hospital para mi tratamiento, pero no quería dejar de saludarte. Tengo frente a mí la cajita rusa. Un beso, Natalia.

nat@orbis.ca marzo 30, 2000

Querida M, voy entrando de nuevo en momentos de calma. Estoy a punto de reanudar y terminar (espero) la lectura del libro de Broch. Pero no quiero terminarlo, porque esa morosidad para explorar los momentos largos de la vida, de una vida de 52 años, me lleva a mi propio tiempo. Un año menos que los de Virgilio. Claro, no es que yo me quiera comparar con él. Es sólo que en el libro, el tiempo toma otro ritmo que no es fácil que entiendan los "erguidos" (como pone Broch en la cabeza del poeta) a quienes dejaron de dominar la postura. Porque los sanos se viven así, erguidos, no echados como yo suelo vivirme ahora. Aunque espero estar al menos temporalmente "erguida" para cuando venga la familia. No quiero, Marcela, la actitud temerosa de importunar de los otros, por mucho que se apoye en el cariño.

Y es que cuando estoy en mi etapa buena, casi se me olvidan estos horrores, con todo y las tapaderas para el coco (aunque ya me compré una peluca del color de mi pelo, salpicada de canas). Y entonces gozo, gozo con cualquier cosa, y cómo quisiera poder compartir con alguien este estado de percepciones afiladas. Y sé que no es fácil, porque lo que para mí se vuelve un placer: el cielo azul porcelana o los brotes de alguna planta intrépida o el trino de algún gorrión, para los demás esto no se reviste de la misma excitación. Así te digo que el mundo se divide entre los "erguidos" y los que han dejado de estarlo. Y el mundo te regala una infinidad de momentos que se suelen pasar inadvertidos en tiempos de salud. Y tú quisieras compartirlos con la misma intensidad que tienen para ti. Pero no es posible, los problemas cotidianos siguen para los otros que saben que cuentan con mucho tiempo todavía para poder detenerse a contemplar la fugacidad del instante. ¿Qué le vamos a hacer? Así era yo antes también. Pero no dejo de percibir a veces cierta impaciencia en los demás. Miran lo que les señalo con una cortesía que me duele.

El leer las entrelíneas en los diarios de las monjas debe ser más que estimulante. Reconstruir a partir de lo no dicho. Labor de Sherlock Holmes, no cabe duda. ¿Pero qué, si no, es la labor del historiador? Alumbrar los rincones oscuros. Usar de la imaginación y el sentido común, aunque a veces las acciones carezcan de éste, ¿no?

Siento que no te haya resultado bien lo de tu amigo, pero, bueno, son tan distintos, y por lo visto aquí no funcionó la seducción de lo diferente. O no por mucho tiempo. Mejor sola que mal acompañada, pero no ingreses a ningún convento, por favor.

Me está llamando Brian para que lo ayude. Un beso, N.

<u>nat@orbis.ca</u> abril 1, 2000
Querida Claudia, mi Gorriona, no sabes el gusto que me
dio recibir tu correo y, sobre todo, empezar a contar los
días para verte. Todavía hace mucho frío. Pero un azulejo
muy valiente y muy azul se paró el otro día en la rama del
roble frente a mi ventana. Y se puso a esperar como si
extrañara a su familia. Entonces pensé en los ojos azules
de tu mamá y en que muy pronto mi familia va a estar
conmigo. Los petirrojos empiezan a revolotear en parejas
por todas partes. ¿Sabías que hoy es aquí el "día de los
inocentes", pero lo llaman el "día de los tontos"? Las hijas
de Laureen ya vinieron a preguntarme por ti. Se acuerdan
de ti con mucho gusto y quieren verte. Yo les dije que les
ibas a traer unos juguetes mexicanos de hoja de lata, como
las palomitas que tienes en tu cuarto. Lástima que no les
puedas decir "inocente palomita que te has dejado engañar", aunque aquí también hoy se engañan con algunas
bromas. Dile a tu mamá que las consiga. Qué contenta
me puse de lo que me contaste del fin de semana con la
escuela en Taxco. Qué bueno que te gustó la ciudad y que
te compraste un anillo de plata. Tráelo para que yo lo vea.
El Oso Polar te manda un abrazo de oso y yo, otro. Te
quiere mucho, la Golondrina Feliz.

<u>nat@orbis.ca</u> abril 4, 2000
Querido Óscar, te escribo no porque no sea suficiente el
teléfono, pero de cualquier modo con el correo abierto,
no puedo menos que mandarte un saludo. Hoy me siento
muy bien a pesar de que el día está bastante gris, primavera o no primavera. Mañana nos avisas si vienes, ¿verdad?
Y claro que quisiera verte, pero si no puedes pues no importa, ya lo harás después. Claudia está muy emocionada
de pasar aquí las vacaciones. Y aunque estoy segura de que
Jorge se adaptará a estos otros modos, tengo un poco de

miedo porque las cosas sabemos que son muy diferentes aquí (desde el horario para las comidas). Bueno, no me hagas caso, es sólo que se trata de una primera vez. Nos hablamos mañana. Un beso de tu madre.

nat@orbis.ca abril 6, 2000
Querido Tomás, vaya que te tomó tiempo (más de un mes) decirme que no estabas por estas tierras hace 18 años y eso a pesar del gran parecido. Te disculpo. Pero si todos provenimos de una madre común de África, tendré que aceptar que los genes se desperdigaron por todos los rincones del planeta. Me tranquilizo. Yo estoy bien y contenta por tu viaje en mayo a Inglaterra. Lástima que nuestros amados Beatles y los Rolling sean historia vieja. ¿Te acuerdas de aquellos lejanos tiempos de la adolescencia promiscua? No en balde pasa el tiempo. Pero, también, ¿cómo olvidar a Celia y Felipe muertos aquel horrendo 2 de octubre? Te mando un abrazo muy grande, Natalia.

nat@orbis.ca abril 10, 2000
Querida Sara, ayer cuando hablamos se me olvidó decirte que el artículo de la revista se lo he dedicado a "mis hijos". No te escribo más porque estoy algo fatigada. Un beso.

nat@orbis.ca abril 11, 2000
Querido hijo, no te preocupes por no venir, así me reservo tu visita para después. Todos te extrañaremos. Te quiero mucho.

nat@orbis.ca mayo 1, 2000
Querida Silvia, estoy contenta y agotada por la visita de la familia. Pero se trata de un cansancio gozoso. No sabes de los paseos espléndidos que hice con mi nieta. Tal vez

Claudia acabe siendo bióloga o algo así. El caso es que la contemplación de la naturaleza le encantó. ¿Y qué decir de su abuela que la observaba con deleite? Allá la ciudad se impone y te apresa. Mañana reanudo el tratamiento, pero hoy es un día largo y hermoso por el recuerdo aún tan cercano de mi gente. Brian está muy ocupado en el jardín sembrando flores y por primera vez yo no lo voy a ayudar.

Espero que Esteban ya esté curado de su bronquitis, y que nadie más de tu familia (tú incluida) se haya contagiado. Un abrazo muy grande, Natalia.

nat@orbis.ca mayo 1, 2000
Queridísma Marcela, de nuevo solos Brian y yo rumiando los eventos de esta linda visita. Vieras que uno renace con la compañía tan querida. Y todo lo demás pasa a muy segundo término. Y, sí, estuve "erguida" toda esta semana. Y lo que también te digo es que mi placer por la naturaleza se vio acrecentado con Claudia. Vaya que caminamos y claro, como la niña no tiene esa costumbre, acababa rendida pero muy contenta. Pintar y luego la búsqueda de los huevos es uno de los eventos que más atesoro, y eso que Claudia ya no está en esa edad inocente. Pero vino Walter, el hermano de Brian, con Sheila, mi cuñada, y dos nietos de mejor edad para esos trajines. La familia entera se abocó a la tarea de decorar cascarones, no pudimos comérnoslos todos (los huevos, claro), pese a que yo hice una ensalada con ellos. Aunque en los tiempos del cuidado dietético, se midieron bastante.

Guardo en el corazón los ojos de Claudia con cada hallazgo con todo y el cestito de huevos de chocolate. Brian era el más feliz de los abuelos. Incluso se la llevó en la barca a pescar y creo que fue una experiencia maravillosa. Asamos el pescado, que Claudia ayudó a limpiar, y nunca pescado alguno le había sabido tan rico, me dijo. Por cierto que les tocó la maravilla de los *Trillium,* los lirios del bosque, emblema de Ontario. De veras que son bellísmos. Y el bosque, no se diga. Éste es otro mundo, pese a los rigores horrendos del clima. El clima en el *Virgilio* era benigno, mediterráneo, pues, recuerdo un pasaje donde se habla con mucha emoción del bosque y de las flores, como yo ahora lo hago contigo desde estas otras regiones. ¡Vaya!, qué pretenciosa me he puesto, ¿no? Supongo que las jacarandas ya se desmelenaron (como yo), ese espectáculo siempre me conmovió hasta el tuétano. Fíjate que hasta me compré un turbante de dicho color (que nunca me he puesto) para sentirlas cerca.

Me tranquiliza saber que no entra dentro de tus planes la vida contemplativa, aunque estés tan emocionada con las monjas. La revista saldrá dentro de un mes. Estoy feliz. Espero que quede a la altura de nuestras fantasías. No sé si te he dicho que se va a llamar "Reflections". Tenemos el apoyo de la Universidad y eso me parece muy bueno. Mañana vuelvo al tratamiento, a la joda de siempre, pero hoy es hoy. Un beso, N.

P.D. 1 El día está espléndido. Espero que también lo esté por allá y que hayas disfrutado de tu ida a Morelia.

P.D. 2 Se me olvidaba algo importante, Jorge se adaptó muy bien, es un muy buen tipo. Brian y él conversaron mucho (¿increíble, no?), lo que me llenó de alegría, aunque he de decirte que no es fanático de las caminatas.

nat@orbis.ca mayo 15, 2000

Querido Óscar, cómo me hizo reír tu correo atrasado para el día de las madres. Creo que la fundadora del día, ya se me olvidó el nombre, se debe haber agitado mucho en su tumba. Empiezo a cobrar fuerzas. Y los días han estado muy bonitos, tu papá y yo reanudaremos las caminatas.

nat@orbis.ca mayo 17, 2000

Queridísma Claudia, el pueblo adonde fuimos se llama Saint Jacob. Y me encantó que me dijeras que compraron ustedes un queso menonita a un muchacho de overol, y que así nos recuerdas al Oso Polar y a mí. Nosotros tampoco creas que nos hemos olvidado de esos días. Y qué escondido te guardabas que me habías comprado un prendedor en Taxco. Me lo pongo cada mañana y mis amigas se mueren de envidia cuando me lo ven. El banquito de madera que hicieron el abuelo y tú tiene encima una maceta muy linda.

Tal vez vayamos para allá a finales de junio, ya te lo avisaré. Le manda un beso muy grande a la Gorriona esta Golondrina Feliz.

nat@orbis.ca mayo 23, 2000

Querida hija, todavía estamos en la duda de si será posible ir. Espero que sí. Por cierto que Óscar va a venir a pasar el fin de semana que viene. No sabes el gusto que me dio saberlo. Dile a Jorge que tu papá extraña las charlas con él. Y que no se quita la camisa que le trajeron ustedes. Ya ves que no es muy fijado para eso de la ropa, pero le dieron en el blanco, porque le encantó. Este nuevo proyecto tuyo de trabajo suena muy interesante. ¿Quién me iba a decir a mí, que ya se me olvidaron las divisiones de quebrados, que tendría una hija tan ducha en las matemáticas? Mil besos.

nat@orbis.ca mayo 29, 2000

Querida Marcela, aprovechando estos días buenos de clima, de salud, y de estado de ánimo, me fui a "flanear" (diría mi difunta abuela) en el coche hasta las Cataratas del Niágara. Me fui un día con su noche. Bueno, fue bastante más que "flanear". Ahora no tengo fuerzas anímicas para contártelo, debo acomodar este paseo que apaciguó para siempre mis intranquilidades estúpidas. La vida tiene sus fronteras y no aceptarlas es una tontería mayúscula y también es muy injusto con los demás. Pero hoy me parece que no tengo ganas de escribir y no porque me sienta mal, aunque me vivo todavía muy alterada por lo de Niágara. Sólo tú sabrás qué hice en ese "flaneo", si acaso te lo llego a contar algún día. Te quiere mucho, N.

nat@orbis.ca mayo 31, 2000
Querido Óscar, qué rápido se pasó el fin de semana. Y qué bien te vi, aunque a veces te sentía malhumorado conmigo. Las relaciones familiares son complicadas, ¿verdad? Después de que te fuiste, tu papá y yo nos pasamos hablando de tu ida en septiembre para Italia y de todos tus proyectos. Bueno, yo hablé mucho, pero tu papá no creas que se quedó mudo para nada. Todavía están preciosas las flores que me regalaste, lucen fantásticas en el florero que fue de mi abuela. Acabamos de volver del médico y él nos dijo que podemos esperar para el nuevo tratamiento si decidimos ir a México. Aún no sabemos qué vamos a hacer, porque se me antoja mucho ir, como puedes suponerlo, pero… En fin, no voy a ponerme trágica cuando todavía estoy gozando de tu presencia en el colorido de las flores. Ya lo resolveremos mañana o pasado.

nat@orbis.ca junio 4, 2000
Querida hija, no sé si les fuera igual si adelantáramos el viaje para dentro de 10 días, así sólo se retrasaría un poco lo de la nueva medicina. Dímelo con toda confianza, porque los planes estaban hechos para después y sé que no es fácil con las cosas del trabajo. Te estoy escribiendo para que cuando hablemos ya lo hayan meditado. Tu papá ha estado ocupadísmo con una serie de fotos que le pidieron.

Está —ya lo conoces— metido en eso hasta el fondo. Me da mucho gusto verlo tan entusiasmado. Y si vamos, tiene que apurarse para dejarlo todo listo. Dile a Claudia que se me había perdido el prendedor, pero que después de buscar por todas partes lo encontré debajo del sofá. Dile también que los maples ya están casi cubiertos de hojas.

Ojalá vieras los tulipanes del jardín, es un verdadero regalo para los ojos. Salúdame mucho a Jorge. Un beso muy grande que te dure hasta que nos hablemos.

nat@orbis.ca junio 4, 2000

Queridísima Gorriona, ya te habrá contado tu mamá lo del prendedor. Estoy feliz de haberlo encontrado. Fíjate que un cardenal ha venido cada día a visitarme y, cuando lo veo, pienso en ti con tu pantalón y blusa rojos. Y es que a las golondrinas nos encanta tener muchos amigos. Otros amigos míos, los azulejos y las ardillas a veces se asoman a mi nido y también los gorriones que me hacen pensar en mi Gorriona favorita.

Qué bueno que te invitaron a ese rancho y que la hayas pasado tan contenta. El Oso Polar se fue a pescar el otro día, pero el pescado no quedó tan rico como el tuyo. Te mandamos muchos besos, la Golondrina Feliz.

nat@orbis.ca junio 7, 2000

Querida Silvia, creo que siempre no podré ir por allá, todavía no se lo digo a Sara, pero es casi un hecho. No he encontrado el libro que me pediste, pero lo seguiré buscando o si te interesa otro, dímelo por si acaso voy.

Es curioso, pero con el dictamen del cáncer he llegado a sentirme libre para ser más libre, ¿poco responsable?, ¿*self-centered*? Perdón por el pochismo. No tuve, cuando primero lo supe, esos ataques neuróticos posdiscusión en que una se pregunta que por qué dijo o hizo una tal o cual cosa. Pero ahora desgraciadamente entro en esas andadas. Y en el grupo de cáncer me molesta el tono de confesión personal y, claro, me vuelvo poco compasiva. Además estoy metiendo la pata con el doctor pues autoricé a otro médico, amigo de Peggy, para que examinara mi caso. Le va a caer de la patada a mi doctor, pero no quiero dejar piedras sin voltear (aunque no las patee), ni oferta sin aceptar, ya sabes que ésa es mi costumbre.

Espero que te caiga ese proyecto que te pondría en la lista del *Forbes*, ¿no? Sería fantástico.

Bueno, querida amiga, cruzo los dedos por tu posible ingreso al mundo de los millonetas y te mando un abrazo, Natalia.

nat@orbis.ca junio 9, 2000

Querida hija, me dio pena escucharte tan afligida, pero, bueno, te reitero que el doctor me pidió que me esperara a ver cómo reacciono con el nuevo tratamiento y que después tal vez sí pueda ir. Ya sabes que no van a ser muchas quimios, mejor obedecer las instrucciones, ¿no crees? Además, se me olvidó decirte que ésta va ser menos agresiva y que no se me seguirá cayendo el pelo. Piénsalo así, cuando vaya tendré la cabeza cubierta y ya no por los turbantes. Y eso es ganancia. Dales un beso a Claudia y a Jorge. Y si acaban por venir ustedes, pues no habrá pasado nada muy grave. Y si no, pues está este correo y el teléfono. Diles a tus abuelos que los llamo en la noche. Te quiero mucho.

P.D. Tus tíos Hannah y Pierre vinieron a visitarnos. Nos invitaron a pasar unos días con ellos en Quebec. Pero pienso que de poder hacer un viaje, será con ustedes. No creo que aguante dos.

nat@orbis.ca junio 11, 2000

Querida Marcela, fue telepatía, seguro que nuestros mutuos correos se abrazaron llenos de cariño dentro de la red. Estoy feliz porque encontré a alguien que me va a ayudar con el aseo de la casa, lo cual es esencial en este momento para que ésta no se caiga de mugre. Brian ayuda mucho, pero con lo de las fotos tiene poco tiempo. ¿Te acuerdas de tantos problemas que tuve allá por lo del dinero?, pues ahora, como todo, parece que corresponde a un pasado muy viejo. Bueno, Brian tampoco será jamás manirroto, habrá que admitirlo. Además el hombre encontró el artículo que acabas de publicar sobre el aborto. Me encantó leerlo, aunque el tema no sea encantador y aunque tampoco sea lo mismo leerlo en la pantalla. Siempre me altera el que las mujeres no sean dueñas de su cuerpo, bueno ¿qué digo? Ya ves los diarios de tus monjas. "La sabia mirada masculina" invade dogmáticamente la intimidad del cuerpo y del alma de más de la otra mitad del mundo.
Creo que en dos o tres días tendremos ya la revista, y vaya que haremos una fiesta de celebración. Si tu medicina no se opone, tómate un tequila a nombre de "Reflections". Y no sabes cómo siento que te haya vuelto el dolor de la ciática que me han dicho que es horrible. Ojalá que esta vez se te pase pronto. Y por las dudas, cómprate otro equipo de *jogging* para que no pierdas tu "natural elegancia". Estamos rodeados de flores y eso alegra mucho el corazón. ¿Cómo están las lluvias por allá?
Todo mi cariño, Natalia.

nat@orbis.ca junio 14, 2000

Querido Óscar, he podido resistir el tratamiento mejor de lo que me esperaba. Tu papá te mandó hoy la revista, a ver qué opinas. Nosotras estamos contentísimas y eso a pesar de que la portada no salió tan bien como hubiéramos querido. El color no quedó como se veía en la pantalla, pero por lo demás no le objeto nada. Dime qué opinas de mi artículo y de las ilustraciones de Dianne. Fue mucho trabajo, pero ya la tenemos en las manos. Ayer lo celebramos en grande. Todas vinieron a la casa para la cena y, claro, la comida la trajeron ellas. Fue muy bonito. Tu papá se desapareció porque dijo que parecíamos loras y que mejor nos dejaba a nuestras anchas. Pues él se lo perdió pero, aquí entre nos, no lo culpo.

Me da mucho gusto que vengas en las vacaciones. Y no te preocupes por no haberlo hecho antes, Vancouver está hasta el otro lado del mundo. Un beso muy grande de tu madre.

nat@orbis.ca junio 25, 2000

Mis queridos Artigas, gracias por su correo. ¿Que cuáles son mis novedades? Hasta la fecha la novedad es estar física y emocionalmente diferente todos los días. Es como ir al circo, no sabes dónde enfocar tu atención, si hacia afuera o hacia adentro. Les agradezco su información sobre este asunto. Hay infinidad de tratamientos, lo sé, pero el problema es que el cuerpo se dé por enterado. Y el mío se hace el loco. En fin, así son las cosas. Nos hemos alegrado muchísimo por lo del premio. ¡Felicidades!

El verano ha estado muy lindo y Brian y yo salimos a caminar cuando se puede. Incluso fuimos a pasar el fin de semana pasado a Toronto. Por otra parte, hubo una serie de conciertos mozarteanos que estuvieron espléndidos, y que les hubieran encantado a ustedes. Un abrazo con todo mi cariño, Natalia.

nat@orbis.ca junio 28, 2000

Querida M, te cuento que nos fuimos con Édgar y Sue el fin de semana a Toronto. Estuvo bien, aunque mi facha se acrecentó a un extremo que te hubiera horrorizado. Ya no se me cae el pelo, pero por lo pronto mi cabeza es un verdadero asco. Te digo que un puercoespín sería rey. Me puse la peluca, pero además un tapaboca y anteojos negros. Supongo que tú a lo mejor, de haberme visto, ni me saludas. He cambiado mis gustos de lectura, y éstos se han reducido a aquellas en las que el tema trate del final o el fin de la vida. Lo primero es reductivo en verdad, pero veo que lo comprendo todo, ni modo. No existe la tal reducción. Estoy rodeada de *La muerte de Ricardo Reis*, la de *Virgilio*, la de *Iván*, pero también la de *Ana Karenina*, y aunque sea el mismo escritor el de ambos libros, el modo de Ana no me corresponde, ¡ya no! Y me siento protegida, siento que sus palabras me amparan y me ayudan como un talismán. Mil besos, N.

P.D. 1 ¿Qué clase de amiga tienes?, se me había olvidado preguntarte que cómo vas con tus dolores. Espero que ya estés bien.

P.D. 2 Este nuevo tratamiento, que resulta ser más leve, me hace pensar en que si no duele tampoco me va servir. Y eso que no creo en las "mortificaciones" de la religión. Chistoso que salí de aquellos rumbos para caer en una ciudad ¡católica!

P.D. 3 Con frecuencia pienso en Niágara y me altera su recuerdo.

nat@orbis.ca junio 30, 2000

Querido Tomás, no había podido contestarte, y es que las cosas me toman ahora más tiempo y parece que no acabo con nada nunca. Se me había olvidado comentarte de mi número de teléfono que le diste hace tiempo a tú ya sabes quién. Bueno, ¿para qué tanto darle vueltas al nombre? Sí, a Guillermo. Aquello fue tan inesperado, tan fuerte. ¿Qué diría Freud?, porque de ese entonces ya pasó un buen trecho. Y es que siempre al pulsar el *send* es cuando me acordaba y me prometía que te lo diría en el siguiente correo. Y así se fue todo junio. La intensidad del viejo tiempo pasado se me hizo presente. Estoy fatigada como para entrar en detalles ahora. Pero, ya que hoy la memoria no me traicionó, te lo hago saber. Me alegra que hayan estado tan contentos en Inglaterra. Un abrazo psicodélico, Natalia.

nat@orbis.ca julio 2, 2000

Querida Marcela, me dijo el doctor esta mañana que me van a dar la última dosis, y que deberemos esperar unas tres semanas para hacerme las pruebas. Entonces, si no hay otro inconveniente, estamos pensando en ir para allá. Ya se lo dije a Sara y ella está de acuerdo. Ahora nos va a tocar a nosotros estar de huéspedes de Jorge. Y vuelve a darme algo de miedo. Ya te conté que cuando vinieron todo fue miel sobre hojuelas, pero ya ves que Brian es bastante peculiar, y bueno, pues seguramente yo también. Mientras más años se tienen más rígido se vuelve uno. La rutina, mi querida amiga, es una cárcel muy severa. Y lo último que yo querría es molestar.

Claro que podemos ir a un hotel, pero entonces con las distancias y el tráfico todo se convierte en un caos. Además, sueño estar lo más que se pueda con Claudia y verla en sus cosas de todos los días y no siempre de visita. No sé si ya te lo dije (mi cabeza es un remolino) que Sara está embarazada, su niño será para febrero. Ojalá que pueda tenerlo en brazos alguna vez. Ya no me hago ilusiones de nada. Dejo que cada día pase de la mejor manera posible. Aunque he de decirte que tiemblo de ver pronto la cara de mis papás.

Pero por ahora me invade la alegría de ir por aquellos rumbos, y claro que quiero verte a ti y tal vez a Silvia. No estoy de ánimos para muchas visitas. Más bien, quiero pocas, pero intensas. Estaremos unos diez días. Ya platicaremos largo y tendido sobre tus monjas y demás proyectos. Y hasta quizá sobre Niágara.

Por lo que toca al clima (vaya que me he vuelto ultra canadiense), el verano está muy bonito. La luz le echa luz a tus propias oscuridades. En fin, no me quejo, porque por suerte, tengo la fortuna del correo electrónico y sigo con mis lecturas y escuchando música. Y ambas actividades me sacan de otros pensamientos menos luminosos. Llegaremos el día 12, yo te hablo en llegando. Todo mi cariño, N.

nat@orbis.ca julio 4, 2000

Oscarín del alma mía, qué bueno que pudiste cambiar tus planes y que vayas a México. Será una gratísima reunión de familia y los abuelos están encantados de que te hospedes con ellos. Créeme que cuento los días para estar todos juntos. La abuela se esmerará en consentirte, así que no te extrañe regresar como siempre con algunos kilitos de más. Y tendrás que ser el mejor tío del mundo porque parece que a Claudia la ha desconcertado el que pronto dejará de ser el centro del planeta. Tu papá y yo estamos felices por el nuevo miembro, aunque supongo que con tu ida a Italia lo conocerás ya sin la cara de changuito de los recién nacidos. Un beso muy grande, tu madre.

nat@orbis.ca julio 24, 2000

Queridísima M, de vuelta por estas tierras frías que ahora no lo están para nada. Qué gusto tan grande me dio conversar contigo entre una taza de café tuya y otra y un vaso de agua mío y otro. Claro que el correo es una maravilla, pero no se compara con la presencia de carne y hueso (yo, más hueso que carne). Aún resuena en mis oídos tu risa tan contagiosa, ya casi se me había olvidado. Miento, tu risa no se olvida.

Hacía tiempo que no estábamos todos juntos, y fue muy importante para mí el ver cómo los hijos están encarrilados. Quién me hubiera dicho hace años que la familia iba a ser tal sostén. Y con un embarazo tranquilo, ¿será que las cosas van mejor la segunda vez? Al menos así lo fue (un rato) para mí y ahora para la propia Sara. De mis papás qué puedo decirte, más allá de que se veían sus esfuerzos para no demostrar otra cosa que la felicidad de tenernos cerca. Mis hermanos y sus respectivas familias, la familia Elorduy en pleno, pues, y cual es de suponerse, fueron muy cariñosos conmigo.

En las noches, cuando me acostaba a dormir, iba yo repasando cada una de las cosas del día. Y recordaba sus caras enojadas de aquellos lejanos tiempos de mi juventud en que me creían perdida para siempre. Y esa Natalia que tantos dolores de cabeza les dio a todos, hoy está hecha una mujer casi venerable solazándose con las pequeñeces cotidianas, mientras el mundo sigue con sus múltiples problemas que ahora veo con distancia egoísta.

Me parece que te estoy agobiando con tantos detalles, tal vez hasta se truene tu correo si sigo escribe y escribe. Pero, Marcela, es que me es muy importante comentarlo contigo, mi paño de lágrimas.

Descubrí que la vida ha sido buena conmigo después de todo. Sí, es cierto, estoy enferma, pero no del corazón, que se expandió y expandió en la visita. Pasaron (todo pasa) aquellos tiempos furibundos en que parecía que el mundo podía cambiar. Pero todos nos fuimos acomodando a las nuevas circunstancias. Mi amigo Tomás, por ejemplo, es un muy respetable cincuentón. Cambiaron los tiempos y también cambió el tiempo personal. Los despropósitos juveniles se asientan, y yo ahora al verme rodeada de tanto cariño, me sentí bien, muy bien. Así es esto de la vida, unos llegan y otros se van. Ya ves, el hijo que tenga Sara será una nueva fuente de permanencia. Porque uno permanece en los que le siguen.

Ahora estoy frente al óleo con mi retrato, todavía sin la cicatriz de la ceja. Y se me vino de golpe el recuerdo de cuando ese rostro mío me alteraba tanto. Bueno, al correr de los años uno va cambiando de aspecto, de situaciones, de escenarios pero finalmente las huellas de una misma permanecen casi siempre como en esta pintura.

Me veo y pienso en el largo recorrido de mi vida, hace ya 30 años del retrato. Muchas cosas han sucedido y ese rostro mío correspondía a aquel momento. Créeme que ahora apenas puedo entender mi furia al verlo. Y si lo hubiera yo destruido en ese entonces, de cualquier manera no hubiera yo podido destruir el tiempo plácido que refleja, después de la tormenta que me había lanzado a aquella orilla. Y es que en esa placidez, yo sólo miraba mi derrota.

Pero el tiempo sigue, querida M, sigue y sigue, lo sabemos, es sólo que a veces se nos olvida. Ahora que yo lo vigilo en cada pequeñísima situación que lo destaca, me alegra observarme así como yo era y recordar lo bueno y lo malo. Pero mejor, lo bueno, lo malo llega sin anunciarse y con estrépito. El *Virgilio* de Broch piensa en si el despertar del recuerdo proviene del despertar del lenguaje o al revés, y yo al escribirte, frente a aquel semblante mío, ya no sé si fueron mis palabras a ti o el retrato lo que trajo al presente aquel tiempo lejano.

Aquí le paro, amiga, para que no vayas a cambiar de dirección de correo y así evitarte cartas kilométricas. Te quiere mucho N.

P.D. Mañana me van a hacer las pruebas.

nat@orbis.ca julio 24, 2000

Querida Gorriona, mi nieta favorita, no sabes cómo empiezo a extrañarte. Me encantó vivir en tu casa y así estar muy cerca de ti. Qué buena eres con la patineta. Y qué largas pláticas tuvimos las dos. El Oso Polar gruñe y yo gorjeo platicando de ti y de tu perrito "Pokemón". Pero a veces yo soy la que gruñe y el Oso Polar es quien se pone a cantar. Espero que pronto ya esté bien entrenado el perro y que no tenga esos accidentes que enojan a tu mamá. No me acuerdo de si te conté que yo también tuve uno que se llamaba "Furor". Dile a los bisos que te platiquen de él, porque también me costó trabajo educarlo pero lo quise mucho. Iba conmigo y la bisa a dejarme a la escuela, y yo me sentía muy triste de que "Furor" se regresara a la casa y que yo me quedara en la escuela, especialmente si no había hecho la tarea.

Me acuerdo muy bien de esa tarde en que fuimos tu amiga Cecilia, tú y yo a tomar un helado y que ustedes me contaron de Gladys, su maestra, y de cómo copian en los exámenes. Me reí mucho. Y ahora, cuando me acuerdo, vuelvo a reírme, pero mejor no le comentes a tu mamá que me divirtieron tanto sus diabluras. Te mando un beso tan grande como el Periférico, pero sin coches, la Golondrina Feliz.

nat@orbis.ca julio 5, 2000
Muy querida Silvia, unas cuantas líneas para decirte que disfruté mucho verte y saber más de ti y de Esteban y tus muchachos. Te vi muy bien y muy guapa, deben probarte tus logros en el trabajo, aunque no hayas ingresado por lo pronto a la lista de los millonarios. Ya te llegará. No te escribo más porque los nervios por las pruebas que me harán mañana me tienen bastante amensada. Te mando mi cariño, Natalia.

nat@orbis.ca julio 10, 2000
Querida Marcela, no ha habido cambios positivos en mi cáncer. El doctor me dice que hay un nuevo tratamiento experimental, que lo piense. Creo que lo mandaré a… freír espárragos.
Me siento más o menos bien, pero me sigue faltando el aire y toso mucho, peor que como me viste por allá. Eso (siempre llevada por la mala) me ha dado un gusto perverso, porque yo lo atribuí a la altura de la ciudad y sí que me hubiera desmoralizado. Vaya una forma de ser patriota, chilanga, pues.
Brian y yo damos caminatas, hasta donde me dan las fuerzas, veo a mis amigas (estamos elaborando el siguiente número de la revista). Y yo trato de organizar un nuevo trabajo que creo que serán las cartas a mis hijos. Me han mencionado en la terapia de apoyo que es algo que vale la pena hacer, pero no sé por dónde empezar. Me imagino que es como empezar cualquier texto, mucho pensar y luego debe ir saliendo y tomando su rumbo. Tendrá que ser un texto exquisitamente y no terriblemente honesto. Eso es todo lo que ahora se me ocurre. Nada de melodrama o de romanticismo. Pero no es como escribir sobre Leona Vicario, por ejemplo. Además, nunca hemos hablado Sara y yo de la causa de su divorcio de Paco. Nunca tuve fuerzas para hacerlo, deseo que no me culpe, pero ya no lo sabré. ¡Ya no!
Para que no se viera tanto la casa y el coche de nuestros vecinos, Brian plantó una serie de pinitos que cumplirán su cometido en unos diez años. Durante el verano no son necesarios, hay mucho follaje que guarda las distancias, pero cuando se caen las hojas es otro boleto.
Si te cambias de casa espero que sea a un lugar algo arbolado, como es donde vives. La naturaleza siempre alegra el espíritu y da una sensación de continuidad circular, por mínimo que sea el cambio de estaciones.

Pero te confieso que hay ahora una nube por esta casa, yo no ando muy de buenas y a Brian le dijeron que hay problemas con lo de su libro. Así que los dos nos movemos como sobre alfileres para no dejar salir nuestro malhumor, aunque no siempre lo conseguimos como puedes suponer.
Un beso, N.

nat@orbis.ca julio 15, 2000
Queridos Artigas, sentí no verlos por allá, pero seguramente Brian lo hizo muy bien por los dos. Me ofrecieron un tratamiento experimental, pero aún no me decido si voy a entrarle. Me parece que es llevar las cosas a un extremo de sufrimiento innecesario. En fin, ya se verá. Me alegra que sus hijos estén tan bien encarrerados. Uno siempre se preocupa cuando los proyectos de la familia se detienen como nos pasó a nosotros con Óscar, que vaya que nos dio trabajo. Así son las cosas, y de dos padres metidos hasta las narices en la ciencia, la hija les resultó diplomática y el hijo escenógrafo. Buena razón para seguir ustedes dándole vueltas a la genética. Un abrazo muy grande, Natalia.

nat@orbis.ca julio 18, 2000
Querido Óscar, te contaré que hice tu pay favorito de manzana. Tu papá se lo devoró (y me ayudó también a pelar la fruta), cómo me hubiera gustado que tú lo acompañaras. Voy jalando y dentro de tres días tengo que decidirme sobre la nueva medicina, me encuentro muy dudosa. ¿Cómo van tus arreglos con lo de Italia? Y luego me pregunto, ¿qué vas a hacer con tu nuevo romance? La chica en las fotos que acabamos de bajar de la compu se ve muy linda. Y para que nos hayas mandado las fotos…
Un beso, tu madre.

nat@orbis.ca julio 23, 2000

Querida M, me decidí a ya no probar nuevas atrocidades que hasta ahora no me han llevado a nada bueno. Pienso que es mejor dejar que corra libre el flujo del tiempo. ¿Para qué agregar más sufrimiento a este cuerpo averiado? Me he sentido bien estos días, pese a la tos cada vez más frecuente. De todos modos, el cuidado del cuerpo es espeluznante: hacer citas con el médico, ver dentistas, masajistas, doctor de huesos, oculistas y demás. Ya es más que suficiente. El cuerpo es el eje alrededor del cual giro. Pero no puedo quejarme, tengo lecturas y visitas y contactos electrónicos, que casi son lo mismo. En fin, la existencia la veo plácida y a la vez complicada.

Te contaré que Óscar tiene novia, se llama Deborah, y es de origen judío, pero retirada de esos menesteres como nosotros de los nuestros. Así que, por ese lado, no hay problema. Lo alemán que le toca a él hace las paces con el mundo de ella. El problema es la beca de Óscar en Italia. Sería una pena que la dejara ir. Pero en asuntos del amor, nada más cuenta. Y tal vez ella misma pudiera conseguir algo, aunque el tiempo es ya muy breve, pero, quizá, si esto sigue adelante, ella podría alcanzarlo después. El tiempo, este maldito tiempo, lo dirá.

Qué bueno lo de tu nueva casa. Mirarás al mundo desde la altura de un faro, aunque en la noche las luces provendrán en sentido contrario del océano inmenso de la ciudad. Tendrás una perspectiva aérea que será un grato panorama. Te quiero mucho, N.

nat@orbis.ca julio 24, 2000

Querida Claudia, me dio mucho gusto recibir tu correo. El otro día el Oso Polar me llevó al pantano a ver los somergujos. Qué lástima que ése sea su nombre, ¿verdad? Y pensé mucho en ti y en cómo me hubiera gustado verlos contigo. Nadaban en fila por el agua. Espero que "Pokemón" ya sea el perro más obediente del mundo, que su dueña lo haya enseñado bien y que "Pokemón" no le haga trampas como ella se las hace a Gladys, su maestra.

Te quiero mucho, Claudia, no lo olvides nunca. Un beso enorme de tu abuela.

nat@orbis.ca agosto 2, 2000
Querida Marcela, he eludido contestar tu pregunta y no te sientas mal por habérmela hecho y por no ver jamás mi respuesta. Sí, claro que todos los pensamientos me han pasado por la cabeza. El ¿por qué a mí? El no es cierto. El ver a los demás tan quitados de la pena y yo sabiendo que mi tiempo se me acaba. Tengo envidia, no creas, ¿pero de qué sirve? Y los demás no tienen la culpa, aunque por dentro sienta impaciencia. Porque yo llevo a cuestas la enfermedad y el cuerpo me la recuerda sin parar. Los escucho hablando de cosas que ya no veré y no me queda más que callarme la boca. ¿Te conté de los arbolitos que sembró Brian y que estarán listos dentro de diez años? ¡Diez años! También te confieso que su actitud, demasiado solícita para mis gustos, también me impacienta y no lo dejo que me ayude aunque no sea yo razonable. Me lo quito de encima y trato de solucionar las cosas sin su ayuda. A veces he sido cruel pero no puedo evitarlo. Los enfermos somos seres crueles.

Además, te voy a confesar algo que este medio facilita porque no querría ver tu cara. Entre tanto pensamiento que se me atraviesa me gustaría saber qué piensa Brian, en si tiene prisa porque esto termine. Y yo, Marcela, yo pienso en si de verdad he sido feliz con él, en que me quedé varada en este país, en si haber optado por no terminar mi matrimonio fue lo mejor. Y luego me odio por pensar así. Además a mis hijos esta huida a Canadá les cambió la vida.

Bien sabes las razones. Espero que Sara no guarde un sentimiento terrible por lo que yo haya tenido de culpa en su ya muy viejo divorcio. Y para Óscar fue un tiempo muy difícil que en ese entonces lo hizo estar muy agresivo, estaba en plena crisis de adolescencia. Pero no me hagas caso. Es sólo que al sincerarme te escribo más de lo prudente. También te digo que un vago malestar religioso a veces se me aparece. Cómo querría encontrar ahí consuelo, pero sería una falta de congruencia que ahora no puedo permitirme. ¡Ya no! No logro encontrar esa fe compasiva que ayuda a otra gente.

En fin, ya te lo dije todo. Un beso, N.

nat@orbis.ca agosto 3, 2000
Niña Claudia, niña mía, me encantó recibir tu correo que como me lo pediste, sólo yo he leído. Le voy a mandar a tu mamá la receta del pay de ruibarbo. Le sacaste a tu abuela ese gusto. De lo que me cuentas de tu maestra Gladys, ya no hables tanto en el salón y verás que todo se compone. Pero es difícil, ¿verdad? Porque lo más interesante siempre se te ocurre ahí. A mí me pasaba lo mismo y me sacaron varias veces de la clase. Pero te prometo que no se lo voy a contar a nadie. Éste es un secreto entre tú y yo.

El Oso Polar se fue de cacería y trajo un venado. ¿Te acuerdas de cuando fuimos al pueblito de Saint Jacob donde vendían tantas cosas? Pues yo casi me voy para allá a vender la piel y la carne porque es bastante latoso cocinarla. El abuelo se parecía al cazador del cuento de Caperucita. ¿Todavía no se te ha olvidado el cuento? Pero eso sí, sin la abuelita que se comió el lobo porque a mí todavía no me come nadie. Esta abuela tuya sigue en su casa muy tranquila y te manda un saludo con sus alas que quisieran volar hasta ti.

nat@orbis.ca agosto 4, 2000

Queridísma hija, en vez de preocuparte por mi decisión goza con la espera de tu niño que yo me imagino que será lindísmo. Ya te lo dije por teléfono, pero te lo repito. He seguido todas las indicaciones que se me ofrecieron al pie de la letra. Y cada vez que el médico sugería un cambio, lo obedecí sin chistar. Y bien sabes que el tratamiento a veces no fue nada fácil. Pero se llega a un punto, como ya te dije, en que se tiene que elegir. Probablemente de una forma o de la otra ya no tenga mucho tiempo, y prefiero no seguir debilitando más mis de por sí pocas fuerzas con la química. Entiende, hija, que si yo supiera que hay las perspectivas suficientes, lo intentaría, pero si le hubieras visto la cara de palo al doctor alterándosele al decirme de las escasas probabilidades que ve, creo que tú opinarías lo mismo.

¿Qué podemos hacer? Por fortuna, la vida sigue y para ti de manera especial con la llegada del bebé.

También quiero decirte que me siento bien, que no he tenido ni medio dolor y que si alguno asomara las narices, el doctor me dará con qué quitármelo.

Niña mía, con esto espero haber agotado el tema para que la siguiente vez conversemos de cosas más interesantes. Besa a Claudia y a Jorge. Te quiero muchísimo.

nat@orbis.ca agosto 10, 2000

Querida M, no sabes qué lindos días hemos pasado. Brian y yo fuimos a pasear al parque de Conestoga, donde tenemos la casita, ¿te acuerdas? La naturaleza estaba espléndida y, ¿vas a creer?, hasta me animé a subirme a la barca. Fue un recorrido breve para no arriesgar un resfriado, pero ese agitarse del agua contigo sobre ella, me hizo mucho bien. Además animales y plantas te hacen sentir parte del todo, como si estuvieras en el Jardín del Edén que no me lo imagino mejor que este lugar. Bueno, aunque no tenga palmeras y leones. ¿Cómo le habrá hecho Noé para llevarse a los osos polares, por ejemplo?

Mi casa sigue siendo el punto de reunión con las amigas y vuelve el entusiasmo por el siguiente número. No sé si tenga fuerzas para escribir algo, pero todavía me alcanzan para discutir, seleccionar, sugerir. En fin, que la vida sigue con muchas cosas interesantes en ella.

¿Cómo te va en tu alto palomar? Espero que con las lluvias no se te vaya la luz y debas ascender los mil pisos a pie. Dicen que es muy sano lo de las escaleras, debe serlo pero no me seduce ni tantito. Un beso, N.

P.D. Hace un tiempo infinitamente largo cuando yo todavía formaba parte de los "erguidos" en que al buscar Waterloo, encontré el otro, el original, el de Napoleón, pues. El tipo murió igual que Virgilio a los 52 años. Hoy pensé que mi nombre y el de Napoleón comparten las mismas letras del principio, aunque Broch dice que el nombre es un vestido que no le pertenece al hombre, que estamos desnudos bajo nuestros nombres. Pero, Marcela, prácticamente he llegado al total de sus años. Derrota en este otro Waterloo. Pero no, no me siento derrotada.

nat@orbis.ca agosto 15, 2000
Querida Silvia, voy bien por lo pronto y muy contenta porque parece que en septiembre van a venir mis dos hijos. Sólo ellos, porque aún nadie en esta familia se ha asomado jamás a las ventanas de la lista del *Forbes* que suele coquetear contigo. Gracias por tu tan cariñoso correo. Un abrazo grande, Natalia.

nat@orbis.ca agosto 20, 2000
Querida hija, lo de la fecha para nosotros es igual, la que más les convenga a Óscar y a ti. Qué bueno que en este

embarazo no hayas tenido malestares. Te imagino tan linda como suelen estarlo las mujeres en estado de buenaesperanza, dirían en tiempos de mi abuela. Pero lo mejor del caso es que pronto voy yo misma a constatarlo. Dale un beso a Claudia mientras tomo fuerzas para escribirle. P.D. Claro que también a Jorge.

nat@orbis.ca agosto 25, 2000
Querido Óscar, tu papá y yo pensamos que haces bien en ligar tu visita aquí con el viaje a Italia. Un beso, tu madre.

nat@orbis.ca septiembre 12, 2000
Querida Silvia, anoche tuve una pesadilla, tú me perseguías con un hacha de fuego. Yo trataba de correr, pero sentía el calor cada vez más cerca. Tú te aproximabas amenazante con el hacha en alto. Entonces me tropecé con una piedra y me caí, y seguí cayendo hondo, muy hondo. Pero el hacha también cayó junto conmigo. Y cuando ya estaba a punto de golpearme sentí un dolor muy grande y me desperté tosiendo aterrada. Qué sueño tan horrible. Es mejor despertar, los sueños pueden ser peor que estar despierta. Pero no me hagas caso, sólo te lo cuento para que sepas que pienso en ti, aunque sea en mis pesadillas. Ya habrá otro sueño más divertido. Un abrazo, Natalia.

nat@orbis.ca septiembre 22, 2000
Querida M, te escribo porque me es muy difícil hablar por la tos, Óscar ya se fue a Europa bastante afligido, te he de decir, pero yo le insistí, la vida no se detiene nunca. Sara decidió quedarse con nosotros más tiempo. No quiero ponerme dramática pero la verdad es que no estoy nada bien, ya casi no como, me la paso dando sorbitos de agua con un popote. De nuevo llega el otoño con el fuego de las hojas y luego su imparable caída. En dos semanas será

mi cumpleaños, los mismos años de Virgilio y de Napoleón. ¿Acabaremos los tres con la misma edad? Vaya compañía ilustre la mía. N.

nat@orbis.ca octubre 2, 2000

Querida Marcela, dos de octubre no se olvida. Cada día me huye más la poquita fuerza que tengo y creo que éste será mi último correo porque por la medicina del dolor me la paso dormida. Brian me dijo que me hablaste. El humus se pudrió completamente y ya no conoceré a mi nieto. Te quiero mucho y te agradezco la paciencia y el cariño de tantos años, Natalia.

Brian

1

—De acuerdo, Nat, sería bueno buscar casa, si ya decidimos quedarnos aquí algún tiempo —dijo Brian doblando con cuidado el periódico—. Pienso que sería bueno hacerlo más entrada la primavera. ¿Quién lo diría?, ya se pasó un año y hoy creo que ya no soy completamente de aquí, pero de allá tampoco.

Natalia miró por la ventana hacia el jardín todavía desnudo.

—Así estaríamos más cerca de la universidad y de todo. La casa de tus papás tiene su encanto, pero estamos muy aislados.

El año había representado el aprendizaje de una vida muy diferente de la otra, y había tanto por enmendar… No fue fácil olvidarse del bullicio de la ciudad para caer en parajes donde todo es más contenido, donde la vida social carece de aquella otra agitación pasada. Donde el clima suele ser un factor definitorio. Aunque las cosas eran bastante más complicadas que sólo un cambio en las maneras de vivir. A Natalia le tomó tiempo salir del pasmo, recuperar lentamente el equilibrio, ver hacia adelante. Y no le fue nada fácil vencer el abatimiento y mantener a raya sus emociones. En una palabra, madurar.

Finalmente Brian tuvo el conocimiento, sin veladuras, de la causa última que acabó desatando la crisis familiar y que lo hizo buscar salvación. Porque no se trataba sólo de la desavenencia conyugal, el abatimiento de Natalia amenazaba su vida o su cordura. Y él no estaba dispuesto a abandonarla en tales circunstancias. Su sentido de responsabilidad era grande y el apego a su familia, también. El precio fue dejar la ciudad y el país, donde había residido durante más de veinte años, pero también a la hija y nieta cuando nada de eso estaba contemplado en los planes. Era la supervivencia en su forma más descarnada. Era buscar el descenso de las aguas que habían amenazado con ahogarlos a todos.

—Ya un año, pero ahora sí que todo vuelve a cobrar más sentido para mí. Créeme, Brian, que sueño con mis futuras clases, bueno, desgraciadamente perdí las de México, pero es una suerte que me hayan aceptado aquí. Además también es una forma de hacer amistad con los compañeros de trabajo. No es fácil adaptarse en estas edades al cambio. La gente está muy metida en sus cosas. Y el mole poblano queda muy lejos.

Sara no quiso acompañarlos en la nueva empresa. Su vida estaba donde estaba y el fracaso de su matrimonio no la indujo a huir. Demostró una fortaleza mayor a la de su madre, aunque nadie habló con ella de las siniestras raíces del conflicto. Hubo una discreción grande y Paco firmó los papeles del divorcio sin que se ofrecieran mayores explicaciones. El matrimonio no había resultado.

—Ya encontraremos una casa, dijo Brian extendiendo sus largas piernas.

—Con un cuarto de huéspedes para los hijos.

Tampoco Óscar estaba con ellos. Después de un año muy difícil, en el que el muchacho se había dedicado a perder el tiempo, negándose a estudiar, no sabiendo qué hacer con su vida, finalmente había sido admitido en la universidad en Vancouver con varios aretes en las orejas de por medio. Las cosas, pese a lo precario del inicio, habían tenido una resolución más amable de lo que hubiera podido esperarse.

—El año ha sido mejor de lo que nos imaginábamos, Nat, y Canadá, después de todo, nos ha tratado bien aunque no haya tortillas en Waterloo, ¿o no? Y, pese a que la casa familiar había estado a punto de ser vendida, tuvieron suerte. No obstante, la situación incierta de Óscar y el haber dejado atrás a la hija en circunstancias tan difíciles para ella, les causó mucho desasosiego a ambos. Pero la más afectada fue Natalia que había llegado tan frágil.

—Lo que siento es que Claudia no vaya a conocer nunca esta casa vieja llena de recuerdos para ti.

—Puro romanticismo tuyo, Nat, cuando ella tenga la edad suficiente, la llevaremos a visitar los alrededores. Es bastante fácil, ¿no crees?

—La casa de piedra de los Bauer despide a sus últimos habitantes.

—Hmm.

Los cuatro hermanos Bauer restantes —muertos los padres— habían estado de acuerdo en detener la venta de la casa ante la llegada del hermano ausente. Walter, el menor, el que seguía en edad a Brian, era el único que aún vivía por aquella parte del país. Los demás se dispersaron en su extensa geografía.

—Ahora me vas a decir que extrañarás el *smokehouse* para ahumar las carnes como hacíamos cuando yo era niño.

—Entonces también te diría que me hubiera encantado ver a Claudia ordeñar vacas, alimentar gallinas y recoger huevos.

Los Bauer habían llegado muy jóvenes de Alemania a Canadá, y se aposentaron en un sitio que los hizo conservar —modificadas— algunas tradiciones. El tono germánico de la región no se había perdido del todo. Hacía ya años que lo que sí se había perdido era el nombre: Berlín. Con el tiempo compraron una granja lechera con una casa de piedra como era usual en esa época. Cuando los hijos se fueron por su cuenta, los padres vendieron gran parte de la propiedad, pero vivieron en la casa hasta muy cerca de su muerte. La familia en aquel entonces había emigrado por razones económicas, Brian y Natalia, por razones mucho más oscuras.

—Pero, Nat, tú ya no conociste la granja.

—Sólo digo.

—Tuvimos suerte con lo de la casa. Y mi hermano Walter y Sheila han sido de mucha ayuda.

—De acuerdo. Además también están tu amiga Dianne y Philip. Pero te repito que las clases de historia me hacen mucha ilusión. Nunca creí que me las aceptaran.

—Con ese tema no era muy difícil.

La oscuridad se había dejado caer de lleno. Brian volvió a enfrascarse en la lectura del periódico.

2

Los meses habían transcurrido con el cambio de casa y, para Brian, con la entrega a sus clases en la Escuela de Artes y los reportajes que le solicitaban algunas revistas o periódicos. Su profesión le daba flexibilidad. Natalia dedicó su tiempo a dejar la casa bien instalada en cuanto al decorado, con los impedimentos económicos del caso: poco dinero y no mucha disposición de parte de Brian para dilapidarlo.

El tiempo se le había ido a Natalia en preparar sus clases para el otoño. Además, la fuerte presencia de paisaje y clima era algo nuevo que ella se propuso disfrutar pese a lo extremoso de éste. La pareja se inclinó por hacer frente a la oportunidad que la vida les había otorgado. Había una promesa implícita y explícita para no dejarse vencer. Aún se sentían con la edad prudente (sólo cuatro años de diferencia entre los dos), como para permitir al tiempo enmendar, quizá, los errores pasados. Las cosas de la vida no resultan ser fáciles y las buenas intenciones pueden quedar sólo en eso. Los muchos años de matrimonio establecen vicios duros de romper.

Así que Brian puso empeño en suavizar las asperezas que ambos arrastraban. Y aunque no se puede cambiar del todo, se puede matizar. Natalia puso empeño en adecuarse a las circunstancias que la nueva vida le ofrecía. Y agradeció la propuesta de su marido para una reconciliación a fondo. Por lo mismo, decidió conservar su apellido de casada como una señal de reconocimiento al hombre que había luchado por salvarla a ella y rescatar el matrimonio de la ruina. El Elorduy de su propia familia quedó relegado. Hasta recuperó el peso perdido a causa de la desdicha. Seguía siendo, de cualquier modo, una mujer delgada; a los ojos de los canadienses, dejó de ser vista de altura media para descender de nivel. Brian y Óscar eran ejemplos puntuales de estas otras dimensiones que en Canadá suelen ser frecuentes. Y si bien no perfecto, el esfuerzo de ambos los colocó en una posición conyugal menos áspera. Un acuerdo a la mitad del camino sin triunfos que se inclinaran hacia un único lado.

Brian se había comprometido con un proyecto minucioso sobre las mariposas monarca que lo conectaba con su anterior patria de adopción, la patria de su mujer e hijos. Aunque también lo enfrentó a la triste destrucción del santuario en Michoacán y a la miseria de sus pobladores. Natalia había batallado seleccionando ciertos personajes femeninos de la historia de México para su curso. Y la sorprendió encontrar interés por esa parte de los asuntos de su país.

El matrimonio recuperó la sensación de libertad, la de ir de un lado al otro sin temer un asalto, por ejemplo. Y toma tiempo ajustarse, saber que si se escuchan pasos detrás, no es necesario ponerse en guardia, temer que la vida peligre. Y la vida se desplegaba con fuerza en su nivel meramente biológico. El gozo por el advenimiento de las estaciones fue un descubrimiento para Natalia. Caminar por el borde del río Grand se convirtió en un paseo frecuente y grato, gratísimo. El hecho de haber encontrado, en Waterloo, una casa mucho más pequeña con un jardín de dimensiones también mucho más reducidas, pero cerca del movimiento citadino, hizo a Natalia sentirse mejor. Por el carácter más pragmático de Brian, el abandono de la casa paterna no le representó alteración alguna. "Las casas son sólo el espacio donde uno vive, Nat, y desde antes estaba decidida su venta".

Era día de fiesta en la ciudad, esa fiesta de octubre arrastrada desde una Alemania mítica sin más realidad que las salchichas, col agria y la cerveza, que se consumía en abundancia sin necesidad de festejos.

—¿Brian?

Una mujer de pelo rojo se acercó.

—¿Peggy?, ¿la hermana chiquita de Joseph?

—La misma. Mira, éste es John, mi marido, y por ahí andan mis dos hijos Jimmy y Karen.

La manera adusta de Brian se suavizó con el encuentro al tiempo que las dos parejas intercambiaban noticias viejas de tantos años. La conversación acabó haciéndose agradable para los cuatro. Recuerdos antiguos, miradas cercanas. Así que todos se instalaron con sus cervezas para ponerse al día. Los Bauer se enteraron de que John era arquitecto y Peggy, socióloga. Natalia había encontrado, por fin, a alguien acaso más próxima a sus intereses.

Peggy les contó que se dedicaba a estudiar a los inmigrantes y sus procesos de adaptación. "¿Quieres ser una de mis conejillos de Indias?". Natalia pudo compartir ahí el entusiasmo por sus clases recién iniciadas sobre la historia de México. Se vaciaron varias cervezas al calor de la charla, y no necesariamente del clima que ya empezaba a ser muy fresco. John le propuso a Brian llevarlo a conocer sus construcciones en Toronto. "Si te interesa, tal vez podrías tomar algunas fotos, mi despacho está buscando hacer un portafolio nuevo". Y así dio comienzo una amistad que iba a ser importante para los cuatro, pero especialmente para ambas mujeres.

3

Las noches eran cada vez más largas. La oscuridad se apropiaba día a día del territorio. Eran ya después de las diez y Brian había salido a recoger unas fotos en su despacho que le urgía clasificar para la mañana siguiente, pero que había olvidado de llevar a casa. Natalia preparaba aún su clase alrededor de la Malinche. El hecho de que el personaje no tuviera en el país las negativas connotaciones mexicanas, la había conducido a explorar las razones que la historia oficial sesga. Natalia se proponía demostrar que esa mujer se había convertido en una versión más del mito de Eva: la pecadora, la traidora, el origen de la desgracia de una nación. Porque si en el caso de la primera pareja, se le responsabiliza a Eva de la pérdida del Paraíso, en el caso de la Malinche, ¿era justo pedirle a una joven esclavizada de trece años leer en las estrellas la consolidación futura de un Estado inexistente? Pero además era ella, esa mujer, la poseedora de la palabra, quien la articulaba, como antes lo hizo Eva para escándalo de Dante Alighieri que lo atribuyó a una omisión en la Escritura. ¿Coincidencia del testimonio escrito de la historia, de la Biblia? ¿Discurso femenino = condena? Natalia se sonrió del cauce de sus pensamientos.

De pronto su entusiasmo se detuvo con una llamada de alerta. Era demasiado el tiempo transcurrido, Brian debería estar ya de vuelta. Antes habían discutido, ahora ella se empezaba a intranquilizar. El pleito no sugería ser muy grave entonces. Sin embargo, ¿qué hacer si él había optado por pasar la noche fuera de casa?, ¿y si tuvo un accidente y ella continuaba meditando en las razones de la Malinche? ¿A quién recurrir?, ¿al número mágico 911 que parecía ser capaz de resolver todo a todos? ¿Cuánto más esperar antes de hacer público su miedo? Las casas vecinas estaban ya a oscuras.

Brian recogió las fotos de su mesa de trabajo. Se entretuvo poniendo orden en algunas cosas que habían quedado fuera de sitio. No tenía prisa por regresar para encontrarse con el gesto de disgusto de su esposa. Tal vez, a su vuelta, ella ya estaría a punto de irse a la cama y la noche suele a veces ofrecer la distancia suficiente para arreglar el mal humor. Porque si algo no le resultaba fácil eran las interminables discusiones que no conducen jamás a nada. Brian era parco de palabras y le irritaba el repasarlo todo hasta la saciedad a la manera de Natalia. Las cosas en la mañana son menos ominosas, el pico del disgusto se derrite como la nieve que en esos momentos caía.

Finalmente se dispuso a volver. Conducía el coche con cierta lentitud y bastante cuidado. Se detuvo ante el semáforo en rojo mientras observaba a un desvelado peatón empezando a cruzar la calle. A la mitad del camino vio cómo el hombre se desplomaba. Primero supuso que éste se había tropezado, pero el hombre seguía echado en el suelo. Brian se bajó del coche de inmediato y se aproximó al caído. El hombre sufría un desmayo. Tuvo trabajo para encontrarle el pulso. La ciudad dormía y a la vista no se hallaba teléfono público alguno.

Recordó su renuencia a llevar consigo un teléfono celular, "Es cosa de muchachos, Nat, una manera de sentirse adultos. No hace falta. Me parece bastante infantil". Pensó en darle respiración boca a boca, aunque descubrió que el hombre respiraba débilmente en su inconsciencia. Entonces movió el coche para proteger al cuerpo de algún improbable automovilista.

Caminó en dirección de la casa más próxima y tocó. Debió hacerlo varias veces hasta que por fin apareció una luz en la ventana. Y después, la cara malhumorada de una mujer que había sido sustraída al sueño. La molestia desapareció al saber la causa. Mientras alguien más marcó el teléfono pidiendo ayuda, la mujer sacó una cobija y una botella de alcohol.

Pasaron algunos minutos hasta el arribo de la ambulancia. Se trataba de un infarto, el enfermo fue introducido al vehículo que desapareció con rapidez. Brian le dijo adiós a la gente para emprender el camino a casa. Llegó justo en el momento de ver a Natalia muy nerviosa tomando el auricular del teléfono. Después de la explicación por el retraso, nada más se dijo, no hizo falta.

4

Después de la cena Brian y Natalia ofrecieron café en el porche a sus invitados. La velada había sido sabrosa y la luz seguía iluminando las primeras horas de la noche. El aire era tibio, ya aves e insectos guardaban silencio, pero el jardín desplegaba aún el aroma de las flores. Noche de luna.

Édgar y Sue, Peggy y John, Philip y Dianne, junto con sus anfitriones estaban enfrascados en una conversación acerca de las posibilidades de la vista. De la fuerza de los volúmenes y su profundidad en la sombra.

—La sombra como elemento fundamental en la apreciación del ojo en la fotografía, exclamó Édgar, el colega de Brian.

—Aunque yo busco lo contrario, una forma plana en mis ilustraciones —dijo Dianne—. Me gusta remarcar su condición de mero dibujo que no pretende engañar al ojo.

—Compartimos tú y yo el mismo medio: el papel. La fotografía es un cuadrado que cruzan cuatro líneas, cuatro líneas (como las de la rosa de los vientos) que se unen perpendicularmente en la superficie plana del papel. Hay un arriba y un abajo, por ejemplo. Y entiendo lo que dices, Dianne, dijo Brian.

Natalia ofreció más café que fue rechazado.

—Si estuviéramos en México les ofrecería un digestivo.

—Ya es tarde, mejor no.

—Yo sí lo acepto —dijo Peggy—. Al fin John va a manejar de regreso.

Algunos la siguieron una vez puestos de acuerdo sobre quién iría al volante. La charla estaba en pleno apogeo.

—En arquitectura la sombra también es importante, pero decirlo es una obviedad, creo que todos estamos de acuerdo, comentó John.

La conversación fue cambiando de temas. No se puede disertar entre amigos. Así se pasó a la pesca, a los hijos, al viaje a Banff de Sue y Édgar.

—Estamos pensando en comprar una cabaña en el parque Conestoga —dijo Brian—. La de Peggy y John es un deleite.

—Pues te la vendemos —dijo Peggy mientras le daba un sorbo a una tercera copa.

Su marido la miró sorprendido.

—No la estamos vendiendo que yo sepa.

—Pues no porque no te lo haya yo propuesto muchas veces.

—No empecemos, Peggy.

—No empecemos, ya empezamos hace tiempo.

De pronto la grata sensación de la velada se enfiló por caminos pantanosos. La gravedad no estaba en lo dicho, sino en aquello que quedó en silencio, y sin embargo, muy presente. Se adivinaba una violencia soterrada que los alteró a todos. Aquí también se imponía la presencia de la sombra que aumentaba el volumen de lo no hablado. Se propusieron otros temas que permitieran recuperar la suavidad de antes. Había una urgencia perentoria para volver a la calma antes de despedirse. Probablemente cada uno pensaba en sus propios conflictos. La avalancha de una furia contenida se había desencadenado.

—Voy a ir en unos días a Nueva York a una reunión de urbanistas, dijo John ofreciendo una información neutra que nivelara las cosas.

—Y yo me quedaré aquí muy tranquila y feliz prosiguiendo la investigación con mi amiga Brenda, dijo Peggy con los ojos brillantes.

Hacía tiempo que tanto Natalia como Peggy, Dianne, Claire y Laureen, una joven historiadora recién graduada, se reunían todas las semanas en el estudio de Dianne para compartir noticias de sus respectivas labores. Era muy grato contar con un espacio y un tiempo donde se extendieran en asuntos que de alguna manera interesaban a todas. Además se proponían organizar algún proyecto común en el que cada una de ellas aportara algo desde su propia perspectiva. Hasta entonces todo había quedado en una mera fantasía llena de buenas intenciones. Y aunque a veces salieran a relucir asuntos familiares, las cuatro procuraban colocarse en otros ángulos que las gratificaran alejándolas de la inminencia de lo cotidiano. Natalia finalmente había logrado tener un grupo inquieto e inteligente que le daba mucho placer. Sus amigas acabaron siendo casi expertas en las mujeres de su curso y ella supo de comunidades portuguesas que todavía conservaban sus costumbres que, aisladas, había en ellas personas que apenas hablaban inglés. En fin, que en esos encuentros se abrían puertas hacia otros horizontes.

Dianne le echó a Natalia una rápida mirada de soslayo. Poco a poco la conversación se fue sosegando hasta el punto en que la gente pudo despedirse con una sonrisa.

—Me sorprendió la actitud de Peggy, dijo Brian mientras llevaba las tazas a la cocina.

—A mí también. Parece algo serio, yo no tenía ni la menor idea. Creo que Dianne tampoco, por la forma en que me miró hace rato. Tampoco pienso que Claire que ha sido su amiga cercana lo sepa.

—Pues cada quien en su propia casa —dijo Brian—. El mal tiempo acaba por irse.

—¡Ojalá!

—Hoy es luna llena y simplemente aullaron los lobos, dijo Brian bostezando.

Pero a ambos les tomó tiempo conciliar el sueño. Natalia soñó que se acostaba con John a la vista de Peggy. En la madrugada se despertó temblando.

5

A medida que fueron creciendo, a ninguno de los hermanos Bauer les interesó la granja familiar. Aunque sí prevaleció en todos ellos la enseñanza paterna del cuidado vigilante de la economía. La vida agrícola es enemiga del dispendio.

Posteriormente los cinco hermanos tomaron sus propios caminos. Brian era un joven muy hábil para dominar los espacios con la vista, como también era diestro con las manos y apto para las matemáticas. Así que primero pensó en estudiar ingeniería o arquitectura donde podría desarrollar las capacidades del ojo y la habilidad del pulso. Pero a la hora de decidir, encontró que apresar el instante con el encuadre certero de la vista y la precisión de la mano, buscar el punto, la distancia, la luz y, desde luego, el tema, lo seducían enormemente. Pero lo que más lo seducía era capturar, por así decirlo, el alma de la gente. (Tal y como ciertos grupos humanos lo afirman cuando no se dejan fotografiar.) Descubrir aquello que permanece oculto y que quizá entre un parpadeo y otro se hace presente; que se delata para permanecer fijo en la imagen congelada en el papel. Y así Brian se alejó para siempre de la tradición familiar fincada en los resultados concretos que ofrecen las labores agrícolas.

Para Brian detrás de esta afición se perfilaba también una postura vital, política. Era aprehender el lenguaje del cuerpo, del gesto, con la respuesta inmediata de la yema. Y así desentrañar el deseo que lo frugal de sus palabras no le había resuelto nunca. Pero aunque es probable que Brian no se formulara las cosas de este modo, intuición y razón se tomaron de la mano para llevarlo a elegir la vida de fotógrafo. Alguien quien a través de su cámara intenta dar cuenta de la condición humana, de sus gozos y sus carencias en el presente de la fotografía. Registrar, acaso, algún paso de los eventos de la historia en una secuencia insignificante pero reveladora. Una forma de protesta en un tiempo que entonces pulsaba por asomarse desde una rendija personal al sueño que soñaba que el mundo podría caminar hacia perspectivas más frescas, más justas, pese a sus gobernantes en pie de guerra. Y Brian Bauer estaba aún lejos de la edad "fatídica" de los treinta años que marcó la percepción de los años sesenta.

Así fue como empezó a trabajar en el periodismo haciendo reportajes. Y hacer un reportaje fotográfico es semejante a elaborar un relato. Las palabras se disparan en la mente del contemplador al momento de hacer suya una hilada de imágenes que pretende llevarlo a disecar un segundo y el siguiente, prolongarlo, si ello es posible, dentro del flujo acotado de un tiempo. Y quien produce la imagen está exento de la necesidad de verbalizar.

Brian tenía veintidós años cuando firmó un contrato para cubrir los juegos olímpicos en la ciudad de México. Bajo el halo del *Che*, se dejó crecer el pelo y barba rubios. También fumó mariguana, probó alguna otra sustancia química y vivió la sexualidad alegre, desenfadada, que entonces parecía ser la respuesta contra la hipocresía puritana de los "viejos" dirigida sólo a satanizar a la mitad del mundo que se perfilaba como "el enemigo". La amenaza de la Unión Soviética, la amenaza de una guerra atómica, estaban presentes con todas sus contradicciones. En aquel tiempo los jóvenes se debatían entre las bondades de un sistema y del otro. Brian fue un representante más de su época.

El periódico para el que trabajaba era ambicioso y quería no sólo cubrir la competencia deportiva, sino acercar a sus lectores a ese territorio que asimismo compartía la fatalidad de ser vecino del Imperio. Aunque también tendría que reconocerse que los vecinos meridionales y australes del gigante no eran entre sí cercanos. Poco sabían los unos de los otros. Así pues, el periódico buscaba dar un panorama más amplio del país anfitrión de los juegos. Un país al que le fue difícil demostrar que había alcanzado la madurez política necesaria para recibir a las estrellas mundiales del deporte olvidando la atmósfera densa de la guerra fría. Pero lo que el joven fotógrafo no pudo predecir es que la violencia iba a brotar de cualquier modo. Ahí decidió incorporarse para siempre —con su cámara— al movimiento de la historia con su minúsculo registro.

Brian Bauer viajó por diversas regiones con su *Leica* y sus varios lentes en una mochila de cuero. Quedó convencido, y así lo mostró con sus fotografías, que más allá del clima había grandes diferencias culturales. Pero también mostró que la cara recia y curtida de un campesino mexicano, si bien con otro tipo de rasgos faciales, reflejaba una actitud similar frente a los círculos del tiempo a la de un campesino canadiense. Un retrato del género humano en su esencia más decantada. Su reportaje recibió comentarios elogiosos.

Cuando las circunstancias no previstas lo llevaron a establecerse en México, debió modificar sus hábitos. La decisión fue abrupta, desde el idioma mismo que debió aprender a manejar con prontitud y alguna torpeza inicial. Todo era nuevo y por ello se convirtió en un reto que se propuso enfrentar. El cambio no sólo era el de la geografía, sino el de su vida entera. Y fue conociendo más al país mientras conocía más a su esposa cuyo vientre que se redondeaba hasta el límite, lo había llevado a cambiar de vida y de país. Su juventud y disposición a la mudanza le facilitaron las cosas. Dos jóvenes apasionados que se habían prometido dejar atrás el lastre de una forma de vida obsoleta, y que de pronto quedaron enlazados. Su ansia ignorante, irresponsable, los impulsó a destrabar unos candados para quedar sujetos por otros. Se habían conocido de la forma más inesperada posible. Y por razones, acaso de la sorpresa misma, de la esperanza en otras formas de convivencia o de una fuerte atracción física, o por lo que fuera, al cabo del resultado de su falta de precaución decidieron dar una voltereta a lo previsto y hacerle frente al futuro juntos. "Manejamos tú y yo dos formas de mirar la historia, Nat, la antigua y la que se está haciendo hoy".

Para el nacimiento de Sara, Brian ya llevaba un trecho familiarizándose con su nuevo país. La misma emigración de sus padres se lo hizo más fácil. "La patria es donde los hijos nacen, lo demás son meras entelequias". La juventud de aquellos años confiaba, con una actitud diferente de búsqueda, en cambiar lo que sus padres habían enturbiado.

Brian obtuvo varias corresponsalías que le permitieron la supervivencia con aquello que había sido su elección. La fotografía le daba placer y sustento. Sabía elegir ángulos interesantes para comprometerse con ellos. Se vivía dentro de ellos. Después con la pequeña Sara en brazos se halló bien. Natalia y él vivieron la etapa de padres expectantes con el abrir los ojos al mundo de la hija y luego del hijo. Eligieron con cuidado nombres fáciles de pronunciar en ambas lenguas. Aunque cada uno de ellos llevaba consigo los trazos de un desarrollo propio en circunstancias bastante lejanas unas de otras. Pero había el placer del descubrimiento, de la comparación, de la elección que los había unido.

En apariencia y durante muchos años parecía haber un equilibrio que oscilaba en direcciones hasta opuestas pero que se integraban. Natalia reanudó sus actividades universitarias. Terminó sus estudios y comenzó a dar clases. Se establecieron hábitos familiares poco proclives a la prodigalidad del trato. El carácter reservado de Brian así lo definió. Cuando, tanto tiempo después, sobrevino la crisis, él no estuvo dispuesto a desechar la vida que había elegido: la familia que había hecho y que amaba, aunque quizá las diferencias entre la palabra y el silencio resultaron ser abrumadoras. La distancia que usualmente se erige en la vida conyugal de cualquier pareja, en este caso se hizo muy difícil. Natalia acabó sintiendo que los puentes se habían roto, que le era preciso una cercanía mayor en la que quizá antes no había reparado. Y Brian era torpe para demostrar su afecto, para buscar la proximidad que su esposa necesitaba. El trato de la pareja se fue deteriorando al no encontrar los puntos de apoyo suficientes para enmendar las diferencias. La vida cotidiana se hizo cada vez más difícil sin que hubiera un motivo concreto más allá de la incapacidad para el encuentro que alivia el desasosiego.

Después, ante el cataclismo que también involucró a Sara, Brian decidió rescatar a la familia de la ruina tomando distancia junto con Natalia, en Canadá, buscando superar la grave situación a la que habían llegado. Natalia, destruida como estaba, aceptó la propuesta de su marido que la alejaba de su profesión, de su familia, de su país. Para los dos hijos el esfuerzo acabó por situarlos, con el tiempo, de mejor manera en sus respectivas trayectorias.

Tomó un tiempo largo sanar las heridas, pero más allá del divorcio de Sara y Paco por desavenencia, nadie se atrevió a encararlo con ella hasta el fondo. Aquí quizá la parquedad de padre e hija fue buena para todos. Los años llevaron a Brian a descubrir otros objetivos para su cámara y a cobrar prestigio. El mundo cambiaba de horizontes y sus habitantes debieron acomodarse a las nuevas circunstancias.

6

Esta vez hubo una participación grande de los alumnos, Natalia se sintió contenta con su respuesta.

—El dios andrógino, creador del universo, la dualidad que borraron en la Biblia —dijo una muchacha pronunciando con dificultad Ometéotl—: Ometecuhtli y Omecíhuatl.

Natalia la ayudó a decir los nombres con la carga de una pronunciación tan diferente de la suya.

—Pero de nada les servía haber contado con los dos principios en el génesis. Finalmente ellas quedaron socialmente sujetas, dijo otra.

—Lo bueno es que si las cosas siguieran así, mis padres habrían enterrado mi ombligo de varón en el jardín. ¿Pero qué hubiera pasado con el ombligo de las mujeres debajo de la estufa de la cocina?

—¿Creen que las muertas de aborto inducido llegarían a ser guerreras en el supramundo?

—Pues claro que no, estaba prohibido y no te iban a premiar, ¿verdad?

Después de todo, las mitologías humanas no discrepaban mucho en la Tierra. El problema era el de la realidad concreta de la vida.

—Como la democracia de los griegos. La democracia suele ser sólo para algunos privilegiados en todas partes, hasta los días de hoy. Nuestros vecinos la tratan de imponer por las armas con los daños colaterales del caso.

—El mundo no tiene remedio.

—En mi juventud ilusamente creímos otra cosa —dijo la maestra—. Algo se consiguió, pero también hubo excesos que dañaron a los jóvenes de entonces.

—Pues parece que el uso de las drogas llegó para quedarse.

—Me gustaría comentarles, también, que sí han cambiado las cosas. Cuando yo era muy niña, en 1953 nos dieron el voto a las mujeres, el candidato a la presidencia dijo en un discurso que la mujer, y voy a leer sus palabras: "probará una vez más, que ninguna prédica falaz y ningún señuelo podrán trocar sus más íntimos sentimientos ni desviarla de su hogar".

—¡Por Dios!

La clase terminó y Natalia se dispuso a recoger sus libros. Tenía la cita de cada miércoles en el estudio de Dianne. Esperaba encontrar ahí a Peggy que ya no asistía con la misma frecuencia. "Estoy muy apurada terminando la investigación con Brenda".

La esperaron un rato antes de comenzar la sesión. Cuando estaban a punto de plegarse a su ausencia, Peggy llegó.

—Perdón, perdón, por la tardanza.

Se hizo un silencio a la expectativa de sus palabras. Estaba ojerosa, pero con los ojos brillantes y el pelo rojo alborotado.

—¿Qué te sucede, Peggy?, ¿estás enferma? Pareces más delgada.

—Bueno, las cosas con John no van bien.

De nuevo el silencio abierto a la posibilidad de algún comentario que no hubo. La charla entonces cobró el ímpetu de siempre. Estaban organizando una exposición con la obra de Dianne y, ya que ésta giraba ahora alrededor de la figura femenina, habían pensado hacer unos carteles con textos alusivos del resto del grupo. Tenían material suficiente para una muestra multidisciplinaria en la galería de la universidad. Ya había sido aceptada y contaban con pocos meses para dejarla lista. Era el primer trabajo en equipo del grupo que habían bautizado como *The Loons* en una ambivalencia que aludía a nadar, el somergujo, por el pantano de aguas poco claras, y porque el significado de *loony* es el de la locura que suele achacársele con frecuencia a las mujeres.

—Natalia, te invito a darles de comer a los patos en el parque.

Cada quien tomó su bicicleta de vuelta a sus actividades. Las dos mujeres se dirigieron al lago. Y fueron echando el alimento a las aves. Ninguna hablaba.

Al cabo de un tiempo Peggy intentó abrir la conversación.

—No sé ni por qué te pedí que viniéramos aquí.

—Pues tal vez porque quieres hablar de lo que te pasa.

—Eso pensé, Natalia, pero ahora no tengo ganas de hacerlo. Y es que como tú has tenido una historia difícil, se me ocurrió…

Natalia esperó, pero las palabras se detuvieron. Peggy la miraba fijamente con los labios cerrados.

—Cambiaste de idea, no importa. Y, sí, yo tuve momentos terribles. Peggy, realmente fuiste tú la primera amiga que yo hice en Canadá. Tú me hiciste sentir más en casa después de aquel terremoto. Cuando quieras, hablamos.

—Gracias, ya lo sé.

Al terminarse la comida de los gansos y patos, que graznaban esperando contra toda esperanza, las amigas se despidieron y se alejaron en sus bicicletas.

7

Brian había volado a México para hacer un reportaje fotográfico de la guerrilla chiapaneca. Tenía las calificaciones adecuadas: el idioma, el conocimiento del país y el ojo fino para captar imágenes más allá de lo que se le exigía. Era una oportunidad inesperada de pasar unos días con su hija y nieta antes de su vuelta. Además, el mundo estaba pendiente de esa forma novedosa para la vieja lucha contra las desigualdades enormes del país. La guerrilla se apropiaba de la palabra con todo y su proyección pública. El tono de los mensajes apelaba a una forma fresca para darse a conocer después del azoro inicial. Y algo cambió llamándole la atención a la gente de gran parte del orbe. El dolor por la inequidad bulle tantas veces adormecido por otras desgracias. La gente suele hacerlo de lado enfrascada en su propia lucha cotidiana. Así, el grupo guerrillero había desplegado la purulencia de la injusticia y nadie quedó sustraído a su efecto.

De vuelta, Brian encontró a Natalia abatida por una noticia que sacudía a las personas de su alrededor. Había caído como una bomba en medio de todos. Y se tomaba partido. El escándalo era grande, difícilmente dejaba de tocarse el tema a todas horas.

—Peggy decidió vivir con Brenda, Brian.

—¿Cómo? ¿Con Brenda?

—Así es, John está desolado, por fortuna los hijos ya están en la universidad, aunque no son de envidiar pese a la tolerancia muy de agradecer de estos rumbos, pero te puedes dar una idea de lo que ha sido esto.

—Nunca me lo hubiera imaginado, Nat.

Natalia le contó cómo Peggy había hablado con ella unos días antes de hacerlo público, antes de decírselo al mismo John. Que las dos se pasaron la noche casi en blanco mientras la mujer le relataba el cómo había aceptado una inclinación que poco a poco le fue siendo más clara. Que la había elegido a ella como confidente porque precisamente se conocieron cuando Natalia comenzaba a sacar la cabeza fuera del agua, y seguramente por aquel conflicto anterior, la comprensión del desasosiego las acercaba ahora. Que a Peggy le dolían mucho las heridas a su familia, incluyendo a John, pero que estaba segura de que ésa era la única solución posible y digna.

El relato de las experiencias de Brian en Chiapas se opacó con los problemas de la pareja de amigos. Lo personal fue más importante que lo público al menos esa noche. "Lo personal es político", aquella vieja consigna se puso de nuevo a la vista.

—Mañana vamos a reunirnos con ella en el estudio de Dianne.

—Y yo mañana te cuento del viaje. Quiero que veas las fotos, Nat, las cosas allá son impresionantes. Pero me has dejado sorprendido con la noticia y puedo esperar. Lo que vi en Chiapas me abrió los ojos a una realidad que desde aquí apenas se concibe.

8

La figura alta y delgada de Dianne se movía colocando las tazas de té para las amigas. El ambiente en el estudio se sentía distinto. Una cierta intranquilidad en todas. Porque una cosa es aceptar teóricamente la situación, y otra es verla encarnada en la amiga.

—Este grupo ha sido de apoyo para todas nosotras, ahora es el momento de demostrarlo —dijo Dianne—. Ahora que estamos, incluso, organizando nuestra primera exposición colectiva.

Peggy las miraba en espera de una evolución incierta. La pareja era muy estimada por la comunidad.

—Quiero decirles que sé que no es fácil para ustedes, sé que nos aprecian tanto a John como a mí. No es fácil, yo lo sé muy bien.

—Cierto —dijo Claire—. Pero hemos estado juntas en las buenas, y me parece que cuando las cosas se complican, debemos seguir estándolo. Es muy sencillo mientras no hay problemas.

—Para llegar hasta lo de ahora créanme, amigas, que me pasé muchas noches sin dormir. Hablé ya con alguna de ustedes, no es que tuviera dudas pero sí necesitaba apoyo.

—Lo creemos, dijo Louise, una bióloga que se había unido al grupo hacía poco tiempo.

—Aquí no juzgamos, Peggy, somos todas bien adultas, y sabemos que las cosas no son en negro y blanco. En nada y menos aún en las relaciones amorosas, sexuales. Una de las premisas del grupo fue la de ampliar las posibilidades de la libertad.

—Admiro tu valor —le dijo Natalia con la voz estremecida— para cerrar una puerta y abrir otra. De veras te admiro, Peggy, y quizá hasta sienta algo de envidia por tu determinación valiente. Aunque no te será sencillo, la gente los quiere a ambos.

—No es que tenga que rendirles cuentas, pero si lo hablo con ustedes, calmaré un poco esta angustia que tengo de cualquier modo. Después de decírselo a John, lo hice con Jimmy y Karen. Mis hijos lo tomaron menos mal de lo que yo supuse. Tal vez es que la situación era bastante tensa, para decirlo suavemente. Y abrir las cartas pone una especie de punto final al conflicto.

Peggy les contó primero del deterioro frecuente en cualquier matrimonio. De su falta de placer en la cama, hasta llegar al total rechazo de su parte. Del alejamiento cada vez mayor entre ellos. De la irritación mutua tanto en la palabra como en el silencio. "La sensación que el mero sonido de la cerradura de la puerta, que te anuncia que él está llegando, te crispa hasta la médula de los huesos. En los peores días del invierno pasado, yo quería salir corriendo, aunque me muriera de hipotermia. Y no es que no pudiera tomar el coche, era algo mucho más animal. Sí, correr, huir de mi casa como alma que lleva el diablo." Todas la oían buscando discretamente no fijar la vista en ella.

Hubo un silencio que nadie rompía.

—Mira, Peggy, no tienes que hacernos una confesión —dijo Dianne—. Respetamos tu nueva vida, no te atormentes. Al menos, no te atormentes aquí con tus amigas.

—Gracias, pero permítanme continuar. Creo que ésta será la única vez que lo hable así. Me hace falta.

—Te escuchamos, dijo Claire alisando su pelambre rubia y estirando la blusa sobre su figura regordeta.

La voz de la mujer, en momentos interrumpida por unos sorbos a su taza, se deslizó de un lado al otro de su vida.

—Yo fui la primera en sorprenderme con ese algo que empezaba a sentir. Primero fue el gusto enorme de verme con Brenda para el trabajo. Estaba entusiasmada al darme cuenta de lo agradables, de lo estimulantes que eran nuestras sesiones. La alegría que me daba saber que esa tarde íbamos a vernos. La urgencia de proseguir con el proyecto y detestar los fines de semana en que éste se suspendía.

Habló de que nunca antes se había sentido así ni con el trabajo ni con alguna otra persona. Que pensaba, entonces, que los puntos de vista de ambas eran tan coincidentes, que ello era lo que le producía tal excitación. Y que poco a poco fue percatándose de que algo más flotaba en sus citas. Que le costó mucho reconocerlo. Que no se atrevía a pensar en lo que se estaba gestando.

—Les juro que nunca me había fijado así en otra mujer. ¿Se acuerdan cuando conocimos a Keith? Tan guapo Keith que yo pensé que cómo no lo había visto antes, que si él quería, yo me echaba una cana al aire. Pero esto es distinto, profundo, es como si no necesitaras de nada para estar en la misma frecuencia.

Una noche en la que trabajaba con Brenda, hubo una terrible tormenta de nieve, era imposible salir, así que se quedó en casa de su amiga. Bebieron un poco de bourbon para celebrar lo inesperado del hospedaje. Peggy empezó a sentirse feliz, perfectamente feliz y no por el alcohol, sino por la compañía. Esa noche fue el inicio tímido, vacilante, lleno de dudas y de culpa. Pero lleno de una plenitud que nunca había experimentado antes.

—El trato es suave, parejo, de iguales. No hay necesidad de explicar, sabes, sientes y ya. En lo sexual y en lo demás. He vivido ya un año esquizofrénico, entre mi vida con John y todos los remordimientos y luego olvidar eso por completo ante el gozo de un amor doblemente prohibido. Sin embargo, tuve que armarme de valor y hacer frente a mis actos. Lo demás es una cobardía imperdonable para con todos. John se va a vivir a Toronto. Tal vez sea mejor así para él. De cualquier manera ahí es donde se desarrollan sus trabajos de construcción. Y los muchachos, por suerte, ya no están en casa.

—Entiendo que no debe haberte sido fácil llegar hasta aquí. Romper una serie de barreras, hablar con tu familia —dijo Laureen—. Tampoco debe haberlo sido para John y tus hijos.

El grupo conversó someramente sobre el proyecto común, no tenían el estado de ánimo para más. En la puerta una a una abrazaron a la amiga.

—Ya nos contaste las cosas, Peggy, y sabes que todas te queremos mucho. No hacía falta, pero te lo agradecemos, le dijo Dianne al despedirse.

9

Brian llevaba días de levantarse más serio de lo habitual. Después del desayuno desaparecía inmediatamente con rumbo a Toronto. Era claro que algo le preocupaba, pero su esposa sabía bien la inutilidad de interrogarlo. Que no iba a responder más que con vaguedades o con un "no tengo nada", dicho en tono áspero. Había que esperar a que las cosas cayeran como fruta madura del árbol. Natalia se desesperaba, pero se sabía impotente para hacer otra cosa que aguardar a que cediera el malhumor o a que su marido se animara a compartir la causa con ella. El tiempo corría y el mutismo tomaba asiento alrededor de la mesa de la cena cada noche.

—Supongo que quieres saber qué tengo, ¿verdad?

Natalia no respondió dejándole la iniciativa de continuar sin sentirse presionado. Ya empezaba a hacer frío y las noches a alargarse.

—Me he disgustado con los del periódico, dijo de pronto.

—¿Quieres un té, Brian?

—Quiero un whisky —dijo mientras servía su vaso— ¿Tú también, Nat?

La bebida empezó a reblandecer el rostro serio de Brian, que se repantingó en el sillón en una actitud menos tensa. Los ojos le brillaron al empezar a hablar. Sus palabras salieron con la fuerza de un aguacero tropical que sorprendió a Natalia.

Su pericia de fotógrafo le había dado reconocimiento, además de que formaba ahora parte del comité editorial del periódico. Por otro lado, tenía comisiones suficientes como para darle tranquilidad económica. Sin embargo, su carácter lo había llevado en varias ocasiones a tener conflictos. Podía ser paciente con algunos asuntos que no le parecían y guardaba silencio hasta llegar a un límite donde su contención se desbordaba al sentir que la razón estaba de su parte. Odiaba ciertas concesiones, hechas por pragmatismo, que se alejaban de la política general del periódico. No todos estaban de acuerdo con su postura radical que nunca aminoraba. Su trato profesional podía ser difícil.

—No lo entiendo, Nat, no puedo entender la renuencia a hacer un reportaje sobre la corrupción de las grandes compañías en Estados Unidos. Stephanovich piensa que no es buen momento.

—Tal vez no lo sea, Brian.

—No vas a estar de acuerdo con ellos, ¿verdad? Bastante tengo con las malditas discusiones, ¿creerás que hasta Robertson estuvo en mi contra?

Natalia le dio un sorbo a su vaso en espera del resto de la historia. En el fondo le daba la razón a su marido, pero sabía también que éste llegaba a extremos cuando se trataba de defender sus ideas. Y ello le ocasionaba dificultades con la gente. La parquedad de Brian, cuando los asuntos se salían de cauce, se transformaba en frases vigorosas y muy poco conciliadoras. Con él no había medias tintas. Luchaba por lo que creía, aunque a veces no fuera lo prudente.

—He pensado en renunciar.

—Pues piénsalo, pero no vayas a hacerlo, porque en todas partes te vas a encontrar con lo mismo. La gente será siempre la gente, Brian. Ya lo sabes.

El hombre se fue tranquilizando al hablar enfáticamente del asunto. Muchas veces el hecho mismo de poner en palabras las cosas calma a quien las diga.

—Tú sabes que te aprecian y ya se llegará ese momento. No eches tu trabajo por la borda.

—Pues lo pensaré, pero por lo pronto la situación no es nada fácil. Todos están en mi contra.

—Porque tú los pusiste así. Pero eso debe ser en cualquier tipo de trabajo, y éste te gusta y te va bien. Además las fotos que haces por tu cuenta no son nunca cosa segura.

—Pero son las que a mí me justifican.

Brian fue bajando de tono a medida que hablaba. Y hasta se dispuso a elaborar una *omelette* a las finas hierbas, cosechadas de su pequeña hortaliza del jardín, para la cena. Natalia deseó que su marido ponderara la furia que lo llevaba a poner todo en riesgo.

—Me esperaré un rato a ver qué sucede, porque tú me lo pides.

El fragor de la borrasca se había atenuado al menos por esa noche. Brian había controlado, al fin, su temperamento que lo hacía luchar hasta lo último y que Natalia en el fondo admiraba por su rectitud sin trabas. Más tarde Brian fue muy fogoso para hacer el amor. Acaso su pasión tomó el rumbo de la carne y en ésta se desató con fuerza. Ya lucharía por convencer a sus colegas. No podía debilitarse la sólida línea editorial. Ya se encargaría él de que esto no sucediera. Por lo pronto iba a concentrar su atención en las fotos sobre la industria pesquera. Después ya vería. Y si no, pues "que se fueran al diablo".

10

Finalmente en una fría noche de noviembre se inauguró la exposición de *The Loons*, que congregó a la comunidad universitaria y a otros amigos. Habían sido muchos meses de trabajo intenso, aunado a las nuevas condiciones de Peggy, que de cualquier forma alteraron el suave transcurrir de los días. Y si bien privó el respeto en una sociedad que hacía gala de tolerancia, no es menos cierto que hubo un largo tiempo de ajuste en el trato. Un chismorreo constante. Aunque la ida a Toronto de John facilitó las cosas para sus amistades. Sin embargo, era la primera reunión en que la mujer se presentaría tan abiertamente en público con Brenda como su pareja. Una cierta intranquilidad flotaba en el ambiente, por más que sus compañeras le hicieran sentir su apoyo.

—Ánimo, Peggy, todo va a salir bien —le dijo Natalia apretándole un momento la mano—. Ya lo verás.

La gente se paseaba por los cuadros de Dianne, que claramente podía apreciarse, despertaron la aprobación. Se trataba de una serie de quince *gouaches* trabajados con una paleta de colores primarios. El tratamiento de la figura femenina era interesante y desplegaba la búsqueda de la artista para no ceder a la tentación de la sombra o a la degradación del color. Y los pocos trazos que le daban carácter a los rostros conseguían su cometido, como también lo conseguían las posturas que no por hieráticas, eran menos elocuentes.

Se escuchaba el runrún de las voces de quienes se movían entre los cuadros y los carteles alusivos a la mirada mujeril del mundo, de la vida. Lo que une, separa y enriquece al género humano. No se trataba de un grito estentóreo, sino del matiz que forja la diferencia. En la sociología, la literatura, la historia, la biología. El grupo había sido muy cuidadoso para ofrecer un tono valiente, pero conciliador. Los textos no ilustraban la obra plástica, aunque sí estaban relacionados con ésta. Y los visitantes parecían disfrutar de la exposición.

No obstante se sentía una sensación de extrañeza, un cuchichear del público que se detenía ante la proximidad de alguna de las *Loons*. Habría que haber sido muy miope para no darse cuenta de ello. Circulaban las copas de vino y unos canapés multiculturales de sabores interesantes y muy de moda. El salmón ya no estaba incluido. Brenda guardaba una muy discreta distancia, aunque volviera a ver con frecuencia a Peggy. Sus compañeras se le acercaban dándole ánimos. Pero la situación, si no tensa, sí tenía un tono distinto.

De pronto los rostros se volvieron hacia la entrada. Ahí, en el vano de la puerta, surgieron George y Pricilla Mac-Bain. La pareja que, hasta hacía poco tiempo, había sido amiga íntima de John y Peggy. Se hizo el silencio mientras la gente esperaba ver cómo iba a desenvolverse el encuentro. Éstos se detuvieron saludando a las personas a su alrededor. El tiempo parecía haberse detenido. Había tensión.

Después caminaron con rumbo a la exposición mirando de reojo a la interfecta, quien era obvio estaba muy incómoda. Hablaron en voz baja aunque largo, gesticulando acaloradamente con alguno de los invitados. Peggy intentó varias veces un saludo para siempre encontrarlos mirando en otra dirección. Después de un rato los MacBain abandonaron la sala.

Y el saludo se quedó pendiente en el aire.

Al final, cuando la gente ya se estaba yendo, Peggy se acercó a sus amigas.

—Ha sido muy difícil —dijo la mujer—. No podía esperar otra cosa. Les agradezco mucho su apoyo. Ya habrá momentos mejores.

Después se despidió de todas y desapareció junto con Brenda.

11

Robert Muller había invitado a Natalia y Laureen a subir por el monte Chicopee —en invierno sitio de esquí—, pero ahora era verano. Robert gustaba mucho de hablar de los proyectos futuros mientras caminaba. Y Natalia no podía estar más de acuerdo. Algo bueno les sucede a las ideas en ese desplazarse. Saltan como liebres entre la hierba. Y mucha hierba crecía en las veredas para los esquíes. El olor de los pinos se había apropiado del aire. La subida era cansada, también era estimulante. Ese sentir el peso y la tensión de las piernas, ese sentir el corazón agitado, le producía mucho placer. La vista desde la cima hacia el río Grand la conmovía siempre.

—Tengo una idea que quiero discutir con ustedes, dijo Robert.

—Espero que no sólo sea una, se sonrió Natalia.

—Me he podido dar cuenta de que tu curso de historia tiene bastantes adeptos y se me ocurre que tal vez pudiéramos organizar algo en conjunto con el cine club.

—¿Qué propones?, preguntó Laureen.

—Pues traer algunas películas mexicanas representativas y mostrarlas a los estudiantes y demás interesados en el tema.

—No serán muchos, Robert.

—Los suficientes, me parece.

—Sería algo distinto de lo usual, dijo Laureen.

Y mientras caminaban exploraron las posibilidades del asunto. Robert estaba muy entusiasmado y fue entusiasmando a las dos mujeres. Natalia habló de la época de oro del cine mexicano que, de alguna manera, se conectaba con su materia.

—Aunque he de decirte que esa idea de la idiosincrasia es sólo la fantasía de aquellos cineastas.

—Pero dejó huella en la historia general del cine, ¿o no? Y la imagen ilustra.

Se sopesaron pros y contras. Luego Natalia propuso traer a alguien conocedor de la materia para que iluminara la narración de las películas.

—Bueno, me parece que sé a quién podemos invitar. Hay una historiadora experta en los personajes cinematográficos femeninos de ese tiempo. Es una antigua compañera mía de estudios, Julia Tuñón. Se lo podemos proponer.

—¿Y será también experta en el famoso machismo?

Sentados en la cima del monte, espantándose los insectos, los tres fueron comentando las posibilidades del trabajo que después se afinaría sobre el escritorio.

La bajada por el sendero con la mirada puesta en las vueltas del río fue deliciosa. Era como ir cavando hacia las profundidades del pensamiento que ahora volaba alrededor de un proyecto futuro que empezó a ilusionar a Natalia. Todo prometía ir bien, Brian estaba trabajando intensamente como siempre, los huracanes se quedaron por lo pronto adormecidos. Además ya iban a llegar de visita sus hijos y nieta. Natalia se sonrió contenta.

—Cerremos el trato con una cerveza. Y crucemos los dedos.

12

Con más frecuencia de lo habitual Brian empezó a ir solo a la cabaña. Volvía siempre con varios pescados y la cara, pese al sombrero, tostada por el sol y curtida por el viento. A su vuelta se sentaba contra su costumbre frente al televisor durante un tiempo muy largo. Y si nunca había sido un gran conversador, ahora parecía que se le habían secado las palabras junto con la piel.

Había un claro cambio en él que primero sugería ser sólo producto de un tiempo de mucho trabajo. Pero los meses pasaban y el sonido de la televisión parecía haberse apropiado del cuarto. Muchas veces Natalia creyó advertir que su marido no estaba al tanto de la pantalla, que su mirada se disolvía detrás de ésta o de la ventana o permanecía, incluso, fija en la pared. Durante la cena la conversación era más escasa que nunca. De cualquier forma nada delataba el porqué de este cambio de costumbres. Ella había aprendido a no preguntar.

Iban ya para siete años de vivir en Waterloo y la vida era ahora bastante plácida, pese a que Natalia no dejara de extrañar lo que quedó a tantos kilómetros de distancia. Pero también habían disminuido bastante sus encuentros amorosos. Brian exudaba un manifiesto desinterés por todo lo que su esposa no lograba comprender.

Sus reportajes lo llevaban a viajar con cierta frecuencia y en alguna ocasión u otra había compartido la noche con alguna periodista. Jamás se trató de otra cosa más que la oportunidad sin consecuencias de un encuentro que nunca había puesto en peligro su matrimonio. Brian había tomado la decisión de salvar a la familia del naufragio que, desde luego, aún suscribía. Las noches pueden ser muy solitarias en comunidades generalmente aisladas, y el anonimato en un hotel propicia algún encuentro sin importancia entre quienes comparten un proyecto que acaba prolongándose más allá de las horas de trabajo.

Brian no era dado a las explicaciones, ni siquiera para sí mismo. Tomaba lo que la vida le ofreciera sin mayor complicación. Pero lo cierto era que algo lo inquietaba, algo que acaso él mismo no había llegado a poner en palabras. Un vago desasosiego que lo llevaba a perderse del mundo. Un desinterés grande por frecuentar a los amigos mutuos. Una apatía notoria.

Sin embargo, en algún instante de lucidez, se descubrió viendo con mucha más atención a las muchachas que deambulaban a su alrededor. Se sintió incómodo. También supo que no podía dejar de hacerlo. Que se le había hecho hábito contemplar los cuerpos jóvenes que pasaban por su lado sin quizá reparar en él. Sin embargo, su mismo carácter lo hacía ser discreto, y ni la mujer contemplada ni la propia Natalia llegaban a percatarse, aunque la obsesión iba en aumento. Sus ojos se paseaban por aquellos cuerpos que lo hacían imaginarlos sin ropa, sujetos al recorrido de sus manos, de sus labios, a la exploración de su sexo, en fin, que lo urgían a fantasear.

De vuelta en casa Brian volvía a su estado taciturno y silencioso. Hasta que un día sugirió, en el periódico, un reportaje sobre la vida nocturna de Montreal. Él tan ajeno a la frivolidad se propuso para tomar las fotos. No es que el asunto careciera de interés, lo que era extraño es que él deseara hacerse cargo.

—Pues bueno, si quieres hacerlo tú, por mí no hay problema —le dijo Stephanovich—. Pero, por Dios, que me sorprendes, Brian.

El fin de semana, quince días después, Brian estaba recorriendo bares y sitios de *jazz* o de baile con un entusiasmo casi adolescente. Natalia deseó que su marido regresara de mejor humor, como lo deseaba siempre sin mucho éxito.

—Cuidado con las chicas, ¿eh?

—Vaya, ¿y ahora qué te pasa, Nat? No es que sea mi primer viaje.

Fue la primera vez en su vida que pagó por un servicio cada una de las dos noches. Y ese contacto lo excitó como hacía un tiempo largo no le sucedía, pese a que se tratara de una mera transacción comercial perfectamente tabulada. Un puño generoso de dólares para comprar un par de horas de diversión. Y pensó en el sexo alegre de sus años juveniles cuando su edad era similar a la de las prostitutas. Pero esas mujeres tenían menos años que su hija Sara. Primero sintió la tranquilidad de saber que su energía no había menguado. La sola presencia de un cuerpo firme y bien dispuesto en su cama fue suficiente.

Sin embargo, en el viaje de regreso, al recordar la manera experta pero casi mecánica, con que lo habían tratado, poco a poco se fue inquietando. El tiempo se le había alojado en lo más profundo de su raíz. Y no hay remedio. Llega a hurtadillas para tomarlo a uno por asalto. La piel joven no devuelve la juventud, pero sí la ilusión de que los años se borran por un rato.

—Me estoy haciendo viejo, Nat, le dijo a su vuelta.

—No es para tanto, Brian, cincuenta y un años no son muchos. ¿Y me criticas a mí por exagerada?

El obligado sonsonete de la televisión se disminuyó en las noches. Y la cabaña fue visitada por ambos con la frecuencia de antes. La mirada de Brian seguía recorriendo algún cuerpo lozano que se cruzara en su camino, era inevitable. Pero había descubierto y aceptado las razones subterráneas de su impulso aunque su deseo no disminuyera. "El deseo muere con la gente", le comentó alguna vez a su amigo Édgar.

Brian siguió entregado de lleno y con éxito a la fotografía.

13

Era mediados de enero, los Bauer acababan de volar de vuelta de México. Cada viaje representaba un estado grande de desajuste para Natalia. Se vivía en dos orillas muy distintas. Y le era difícil adecuarse en ambas. Una —la que quedaba atrás— iba con el tiempo perdiendo sus contornos para asentarse casi como ensoñación. Se borraba la nitidez de su trazo hasta adquirir un aire de irrealidad. Natalia llegó a pensar muchas veces que aquello que quedaba lejos no existía del todo. De un lado y del otro. El paisaje, el clima, el tono mismo de la gente la conducían a sentirse extraviada por un rato. El efecto se iría disolviendo para volver a apropiarse del ambiente en turno. Así había sido siempre desde su llegada a Canadá. No era grave, sólo había que aguardar a que las cosas encontraran su sitio de nuevo.

Esta vez tampoco fue la excepción. Del torbellino, acrecentado por la época navideña, a la paz helada de Waterloo. De la charla ruidosa de la familia y amigos, a la contención de los modos del norte. Natalia aún se sentía flotando en la incertidumbre. Añoraba la luz, el clima templado, su ciudad escandalosa y caótica. Para el orden como para el desorden se requiere de entrenamiento.

Casi al llegar, hubo una llamada de Sue proponiéndole acompañarla el fin de semana siguiente a Toronto a comprar el vestido que usaría en la boda de su hija Iris. Natalia aceptó encantada. Era una forma un poco más suave de acomodarse. El bullicio citadino le facilitaría el ajuste.

Las ciudades tienen algo de seductor en su anonimato. Una especie de vorágine continua que propicia la excitación. No se vive de la misma manera y menos aun cuando se trata de algo pasajero que lleva a una mayor velocidad en los actos.

Se hospedaron cerca del centro comercial. Se trataba de entregarse de lleno a la fiebre urbana. Al consumismo selectivo. La oscuridad exterior era irrelevante cobijadas por las luces de las tiendas que, desde luego, recorrieron hasta agotarlas. Porque una vez admitido el placer de la frivolidad, todo cambia y se acepta esa dimensión que a todos habita. O a casi todos.

—Un amigo mío de México me dijo hace muchos años que hay una vida "B" que es la de todos los días, pero que a veces aparece la vida "A", y ésta, Sue, es vida "A", la de la intensidad, aunque sea la intensidad de las compras. No sabes qué contenta me puso tu invitación.

—Me da gusto, Natalia, lo que no me da gusto es que no haya yo podido todavía encontrar el vestido. Vaya, si tú ya compraste el tuyo.

—Pero yo no soy la madre de la novia. Ya llegará tu turno y será algo espléndido, ya verás.

El ir y venir de la gente, la seducción de las vitrinas, el no hacer caso de los horarios, le hacían a Natalia más leve el tránsito de una orilla a la otra. Asomarse de nuevo al trajín de una gran urbe haciendo de lado la calma chicha de la pequeña ciudad de Waterloo. Con la diferencia que marcaba el idioma y el frío intenso al salir a la calle libre de vendedores ambulantes. Y la gente caminando de prisa para evadir las inclemencias del clima. Aunque el recuerdo de la hilera eterna de la vendimia flotante de su ciudad, que crecía de viaje en viaje, la hizo estremecerse. Al tomar distancia se ve lo que acaba borrado por la costumbre. Ella le comentó, alguna vez, a su amiga Marcela que se había propuesto, por razones de una ética personal, mirar a los ojos a quien le ofreciera o pidiera algo. "Sólo así me parece válido rechazar, mirando de frente. No se puede comprar todo o dar dinero a todos. Pero si no vas a hacerlo, ten al menos el compromiso de ver de frente y decir que no".

Afuera nevaba con fuerza.

Sue se decidió por fin por un vestido. "¿Tú crees que Édgar lo apruebe?". Y una vez resuelta la causa de la ida a Toronto, visitaron el museo de arte y cenaron en el restaurante giratorio de la Torre CN. Las luces de la ciudad tienen el efecto de hacer soñar en una felicidad inexistente. Natalia pensó en el vuelo nocturno alrededor de su propia ciudad, que sugiere ser un mar de brillos donde todo, desde las alturas, parece resuelto. Que no sea así, es algo que se sabe, pero que Natalia no estaba dispuesta a explorar esa noche. Ya volvería a haber tiempo para ello. Éste era el tiempo del reacomodo. ¿Para qué hacerse de tan mala conciencia? Sin embargo, a la mente le llegó el drama de sus compatriotas que morían en el camino rumbo al espejismo de una vida mejor en el país que los necesitaba y rechazaba a la vez. El país que separaba a un espacio suyo del otro.

Al ver a los patinadores también pensó en Claudia tan lejos de ella ahora. La niña seguiría atrapada por la inseguridad creciente de su entorno, y Natalia volvería al día siguiente al tiempo reposado de Waterloo. Volvería a su clase de historia, entonces pensó en una figura olvidada de la guerra contra los franceses de la que ella se proponía hablar: "Agustina Ramírez ofrendó todos sus hijos a la patria. Una madre de los macabeos más prolífica. Trece fueron en Sinaloa, y no siete. Pero con uno solo es dolor sin nombre. ¿Y cuáles habrán sido aquellos nombres que no registró la historia, sacrificados por la actitud amorosa o feroz de su madre?" ¿Qué habría hecho ella? Natalia se concentró en los giros de los patinadores.

14

Ese año muy al norte, en las inmediaciones del Ártico, el pueblo nunavut ("nuestra tierra") fue el tercer territorio aborigen en obtener su autonomía. Tuvieron que correr muchos siglos, firmarse un tratado y otro, y otro, y otros más, luchando no sólo por la propiedad de sus tierras sino por la protección a sus costumbres. Pero los pueblos aborígenes del mundo suelen ser tercos, insistir por sobre la opinión sesgada de los pobladores subsecuentes, en cualquier región de la que se hable. A lo largo de un tiempo largo, muy largo, y siempre injusto, los pueblos —si sobreviven— luchan por no ser despojados de sus tradiciones, de su centro. La voz de la minoría que debe buscar cómo insertarse, más allá de la retórica del discurso actual, que lo políticamente correcto acaba caricaturizando con sus más que ridículos excesos. Con cuánta frecuencia el mundo que los ha saqueado —ciego y sordo— da la espalda a la masacre y hambruna extremas. Mejor ni enterarse.

Así las cosas, el periódico donde trabajaba Brian cubrió en su momento el acontecimiento. Sin embargo, ahora en el verano, Bauer voló a la Isla Baffin. Iba a hacer un reportaje fotográfico más amplio para el diario y también para su archivo personal. Había aceptado, al fin, organizar una exposición que recogiera algo de sus largos años de trabajo. "Pero eso sí, Nat, no se sacan nunca fotos pensando en la noche de la inauguración. Es mucho más complicado, mucho más fuerte, mucho más íntimo. Yo nunca he tenido las palabras para explicarlo".

Su objetivo periodístico era elaborar un registro sobre los cambios habidos en el lugar, así como el modo cotidiano de vida, la inevitable presencia de lo "global" en el Ártico cuyo diámetro va acortándose como se acortan hasta su aniquilación las noches del verano en las zonas boreales. El otro, sorprender el momento y sorprenderse él. Mezclarse con su carga de emociones, como siempre, con los sujetos de sus disparos.

—Bueno —dijo Brian a su vuelta—, me tocó ver el triunfo de la larguísima lucha de los inuit.

—¿Y qué tan diferente son ahora esos sitios comparados con aquella vieja novela de *El país de las sombras largas?*

—¿Y qué tan diferente es la Chiapas de ahora comparada con la de *Balún-Canán?* Te digo, Nat, que vaya que el clima es tremendo, pero la gente de los hielos ya no se muere ni remotamente de hambre, ni de enfermedades que puedan controlarse.

Brian le relató con más detalle de lo esperado acerca de su viaje. De los grados bajo cero que había a pesar de ser verano. De la sombra siempre presente del arte. De las actividades seculares que no estaban dispuestos a abandonar corriendo paralelas a algunos adelantos de la civilización occidental.

—Y tienen razón, porque tampoco esto es el paraíso, está bien conservar una cierta identidad, Nat, finalmente la geografía te marca globalización o no.

—Junto con su clima. En un lado te congelas en el otro te mueres deshidratado o también de frío o de hambre. Y los usos y costumbres.

—Que siempre se desdeñan.

Brian se había dado el tiempo para navegar entre los hielos en un kayak. Sus fotos eran espléndidas. El paisaje, sus moradores, su fauna polar, más que la ciudad de Iqaluit, mostraban la presencia magnífica de la región. Ese verse disminuido y maravillado por la dimensión del paisaje. Ese saberse perdido, ya no en el universo, sino en la superficie del mar y del hielo. Ese silencio eterno acaso aterrador para sus visitantes.

—Pero también me sucedió lo mismo en la selva chiapaneca, o quizá en cualquier extensión amplia. No hay foto que se compare con estar ahí sin el horizonte restringido de la lente. Y mira que te lo dice un fotógrafo. Pero, además, el ser humano buscará siempre no sólo la utilidad, sino la belleza en sus artefactos. Y eso, Nat, es un canto a la vida.

—Habré de conformarme con las fotos, Brian, por lo pronto. ¿Quién me hubiera dicho cuando en mi adolescencia leí el libro de *El país de las sombras largas* y la vida de sus habitantes, que desde el mismo nombre "esquimal" es peyorativo.

—Sí, comedor de carne cruda.

—De una forma u otra, con una palabra u otra, ese otro será siempre el bárbaro, el chichimeca.

—El que debe ser exterminado. Y te digo también, Nat, entendí mi pasión por la caza y la pesca: la resistencia a dejarse dominar por este tiempo tan deshumanizado de la tecnología, para sentirse miembro de la comunidad terrestre y su inevitable cadena alimenticia. La crueldad no pasa por dicho camino. Yo soy cazador como soy fotógrafo, la mira, el disparo y luego el azar como aliado o enemigo. Por eso te traje la parca de caribú.

Brian había desplegado las fotos que luego acabaron supliendo a las palabras. Natalia lo acompañó en el recuento del viaje con ojo y oído atentos.

—La gente habla poco. Y yo la entiendo muy bien.

—No me cabe duda, Brian, pero sigamos mañana, necesito irme a la cama. Estoy cansadísima, no sé qué me pasa, es como si la del viaje hubiera sido yo y no tú.

—Ya lo ves, Nat, tú lo negaste cuando te lo dije hace ya más de un par de años, pero nos estamos haciendo viejos.

—Y yo te repito que apenas rebasamos el medio siglo.

—¿Te parece poco?

Tierno saúz

Febrero 2, 1990

Escribo para contemplarme, para saberme viva y tenderle una celada a mi voz, una mirada al espejo. Porque no siempre estoy viva, existo si alguien me imagina, existo sobre este papel. El cielo ciruela de la tarde permanece intocado, el cielo no puede ser cautivo de las letras, como tampoco el vuelo amarillo de una mariposa, el olor de humedad después de la lluvia mientras se eleva hasta el regazo de otra nube: sólo unos cuantos acordes de una melodía que la memoria no logra reconstruir bien.

Todo se fragmenta, yo recogeré con la pluma el espejo roto en este diario que hoy inauguro.

Pero existen dos problemas:

1) Mi letra infame. 2) El miedo a escribir lo que realmente siento o quiero.

Aunque no haya más lectora que yo.

Febrero 5

Me siento una niña con juguete nuevo. Es como si hubiera vuelto a enamorarme. Es como cuando estaba llena de voces que esperaba compartir con B, cuando le platicaba en mi interior en espera de hacerlo personalmente, pero las charlas se intensificaban y morían sin haber encontrado la ocasión propicia. Qué desgaste, Señor, qué frustración.

Este papel será el amante que me espera y se solaza con mis letras. Debí haberlo hecho antes, quizá prudentemente no quería abrirle el curso al río y que luego éste me desbordara. Aquí no hay horarios, o la hora fija con el doctor Balcárcel. Aquí mi voz saldrá incontenible.

5 de febrero, día de fiesta. Cumpleaños de la Constitución. Vaya que no se puede olvidar la procedencia universitaria. El entusiasmo con la carrera que se inició cuando el mundo parecía entregárseme. Cuando el adentrarme en la historia era un reto maravilloso. Pero sobre la no reelección se impuso la dictadura de partido. Después se dejó caer el 68 con toda su carga. Y esa fecha en mí fue definitiva.

A veces siento que el universo entero se abre en el rancio olor a incienso y nardo en la penumbra de alguna iglesia, o en el aroma del carbón, o en la vista azul de las jacarandas. Entonces algo me roza y quiero apresar la sensación de plenitud que se me escapa.

Febrero 17

Realmente no tengo práctica en lo del diario. Se me olvida. Siento la urgencia de escribir no sé bien de qué. Sólo anoto que el domingo vinieron a comer Sara y Paco. No es sólo anotar. ¡No! Sara me dijo que cree que está embarazada. Qué bueno que ya está terminando la tesis. Es muy joven, aunque tres años mayor que yo cuando me embaracé de ella. Así que pronto seré quizás abuela. La verdad es que no puedo imaginarme con un nieto en los brazos. Parece que las mujeres de esta familia optan (o caen) muy pronto en la maternidad. Pero lo que sí digo es que será una experiencia maravillosa que me hará olvidar el perenne silencio de B.

Mis clases en la facultad van bien. Este grupo resultó listo e inquieto, algo es algo. Bueno, algo es mucho. Me siento estimulada en el salón como no suele suceder ahora en el salón de profesores que casi parece funeraria por lo del Congreso Universitario. Aunque el estímulo se debe más a la agitación estudiantil actual que a mis "sesudas" lecciones.

Febrero 25

Ahora que redescubrí el placer de la escritura, quisiera hacer un poema sobre los objetos que se convierten en algo así como fetiches sagrados, transfigurados por la mirada, para recobrar luego su condición de meros objetos. Es que en cada uno ellos queda depositado un instante de vida y al observarlos, regresa ese tiempo pasado que yo quiero suponer que fue feliz. Miro el cuadro de Núñez que hace años me regaló Brian y vuelve la emoción suya, mía. La pared vibra con sus colores. Y así voy recorriendo mi vida a través de las cosas que acaban por desgastarse en este tiempo nuestro desgastado. ¿Por qué?

Marzo 2

La sesión con el doctor Balcárcel fue muy intensa, qué bueno tener la caja de kleenex tan a la mano. Me siento abrumada por la poca, nula, comunicación con B. Conversar alguna vez, a alguna hora. Por ejemplo, en los sillones de la sala después de la cena. Sí, nos quedamos en la sala pero Brian se esconde detrás del periódico. Y yo preparo mis clases. Después llega el sueño a veces retardado por las caricias, pero…

Marzo 6
Las cosas

> Cautivas de la mirada
> las cosas se despojan
> de su esencia de cosas,
> yeguas que dan vuelta
> a la rueda del tiempo.

Los ojos las transforman,
el tiempo se disuelve
y el trote repetido regresa
a un camino idéntico, invariable.
Siempre el mismo instante,
las mismas palabras,
la misma caricia.
Girar en torno a la noria,
el mismo paso,
la misma noria.
Entonces la fatiga, el hastío,
desatan el hechizo
que otorga alma a las cosas.
Las cuentas del rosario se desatan.
Y las cosas, libres al fin,
se deleitan en su plenitud de cosas.

Marzo 12

Primero lo bueno. Es un hecho el embarazo de Sara y el alborozo de su madre. Vinieron a cenar anoche; el abrazo que me dio Paco fue enorme, claro, por la intensidad de la noticia. Brian también se mostró contento en su contención canadiense. Y Óscar comentó que va a prepararse para ser un buen tío.

Casi siempre la otra vida, la que W llamaba vida "A", se va al diablo para instalarse la vida "B". El peso fastidioso de la cotidianidad, el agobio del aseo de la casa (algo ayudan B y Óscar, pero…), la preparación de la comida, las clases, el silencio, la reunión con los colegas fotógrafos de Brian que no disfruté por la fatiga.

Pero hoy fui a caminar. Hacía mucho que no me daba ese permiso, o que no he tenido el tiempo para dejarlo correr en eso. Caminar me estimula y calma a la vez. Pero sentí que había perdido mis pistas. Me puse a patear las piedras que se me atravesaban. Me costó trabajo encontrar ese modo que me lleva a pensar de otra manera. Entonces descubrí los brotes de los árboles y gocé, gocé mucho.

De pronto recordé cómo he buscado los ojos ámbar del gato que encuentro con frecuencia, añorando aquellos viejos momentos, aquella mirada ámbar, que se me fueron de golpe. Sentí pena por ese pasado clausurado. También pensé que debería yo caminar y escribir al mismo tiempo, porque el cauce de mis pasos se armoniza con el de mis pensamientos. Entonces me imaginé con un bebé que pronto sostendré en mis brazos.

He tenido conflictos con Óscar, me imagino que producto de su edad. Pero me asusta pensar en hasta dónde pueda llegar. Y también reconozco que me enojan mucho sus modos. Óscar no sólo se parece a mí en lo físico, sino en los mismos problemas que yo tuve. ¿Que tengo?

Marzo 18
El petróleo es nuestro y hay que celebrarlo. Pero yo no tengo nada que celebrar.

¿Cómo no llevé antes un diario si día a día se suceden los cataclismos? ¿O yo los vivo así? Hoy estoy al borde de no sé qué porque las perspectivas son por demás penosas.

Con el dinero como pretexto, con ese dinero que ha regido nuestras vidas desde el mero principio, corren nuestros días. Hacer cuentas antes de hacer el amor. Cotejar el gasto diario hasta el último centavo. El dispendio tropical que es derrotado por la nórdica mirada protestante. Y claro que no hablo de religión.

Yo acaté la orden para llevar la fiesta en paz. Finalmente B aporta el grueso del dinero, mis clases no sirven más que para chicles que siempre he detestado. Y el grueso de las obligaciones caseras corre por mi cuenta, pero no paga.

Con los años esta obsesión por vigilar la economía se ha acentuado hasta extremos insoportables. El doctor Balcárcel opina que B está convencido de la eficiencia de su método. Y luego su silencio de oso polar: "No me gusta hablar, Nat, por eso soy fotógrafo. Las imágenes son mi manera de decir."

¿El divorcio?, Sara va con Paco por su propio camino y Óscar tiene ya 17 años. Supongo que él preferirá quedarse en la casa con Brian, porque el sitio que yo consiga será bastante precario. ¿O será éste el motivo perfecto que él encuentre para alejarse de todos nosotros? Es muy joven aún, y su madre no tiene más fuerzas que para apenas sobrevivir. Me quedaré sola, ¿desolada? Quizá sea sólo que algunos días parecen de hielo y yo me muero de frío.

Suena infantil, pero perdí la pasión que pudiera moverme a saltar obstáculos por amor o por odio. Sólo el tedio enorme. Qué desconsideración la mía el pretender conversar con él en la noche, ¿entonces cuándo? Dios mío, quisiera gritar. Y ni eso hago.

Las perspectivas son poco apetitosas. También me queda la muerte, no sé, pero no me atrae.

En fin…

Marzo 22

Jacarandas y colorines llenos de flores. ¡Qué lujo! Recogí unas semillas rojas; nunca he podido dejar de tomar una o dos y guardarlas en la cajita rusa que me regaló Silvia. Año con año desde niña lo he hecho, desde que caminaba de la mano de mi abuela. Son para mí la promesa de ventura. ¿Qué haré cuando ya no quepan en la caja? ¿Habré perdido para entonces las esperanzas?

Hablé con B quien al verme tan hastiada me propuso que nos separáramos viviendo en la misma casa. Que así ya no nos molestaríamos tanto, aunque él seguiría siendo el director de los dineros. Le dije que ese tipo de arreglo no me parecía solución. 21 años de convivencia son muchos. Tal vez la vida no sea tan miserable y así sea en todas las parejas. Sin embargo, ahora que se perfiló la ruptura, sentí pena. No es miedo, es saberlo a él perdido para siempre. No, no es miedo a estar sola, sino a ya no tenerlo nunca. Vaya confusión. Se me presenta la oportunidad de retomar los hilos de mi vida y no los tomo.

Le pedí que volviéramos a intentarlo, B estuvo de acuerdo. También a él le pesa terminar todo. Seguramente las cosas volverán a ser difíciles. Nos prometimos los dos ser prudentes.

Marzo 26

Brian y yo fuimos a pasar el día a Puebla (lo estamos intentando) a caminar por sus alrededores. Tres siglos de Colonia. En la catedral, junto a uno de los imprescindibles ataúdes de cristal, estaba un imprescindible Cristo sangrante; y una mamá con una niña de como 4 años. Me acerqué. Quería sorprender en la niña la mirada de horror. Lo que sorprendí fue su rostro conmovido y la escuché prometiendo portarse bien. Ojalá que encontrara yo esa seguridad (o ese miedo). La cámara de Brian no paraba y no paró en los conventos del rumbo. Hará más de diez años que fuimos todos, recuerdo mis ansias de transmitir a mis hijos la emoción. Fracasé, los niños se veían más que aburridos. ¿Irá a ser igual con el nieto o nieta?

La iglesia de Huejotzingo me hizo recordar mis infantiles sueños místicos. Vaya que cambiaron pronto las cosas; sin embargo, la vista de su bellísimo atrio con la cruz rodeada por la fronda generosa de los árboles me hizo desear creer. Embarazarme del amor a Dios. Vivir ahí. Pero después, viendo la proporción tan bien lograda de sus muros, la magnífica localización topográfica que eleva el espíritu, recordé que esos conventos eran para los hombres. Y yo soy mujer. Nunca hubiera podido vivir ahí.

Marzo 31

Ahora que ya se me ha hecho un hábito pensar frente al diario, encuentro que escribo más en la cabeza que en el cuaderno. Cuando puedo hacerlo estoy cansada del cuerpo, de la mente, o de ambos. Lo que me pudo haber parecido importante, de cara al papel, deja de serlo, por ejemplo, las flores del florero que se están marchitando.

Hoy llegó toda la familia a comer. El día estuvo espléndido. Vinieron mis papás con la abuela y, claro, Sara y Paco. La abuela está sana y vigorosa, ojalá que alcance a conocer a su futuro tátara. Fue una tarde muy grata, yo observaba los ojos de Sara, azules como los de su padre, llenos de brillo. Me conmueve verla en ese estado.

Día de charlas; primero, Paco se puso a contarme de sus sueños para el futuro, también hablamos de política y nadie intentó frenarlo. Pero, bueno, tampoco hubiera sido fácil, porque él y yo nos habíamos sentado en el rodete del sauce mientras los demás se quedaron en la mesa. Vaya que hablaba con entusiasmo.

Como Sara empezó a sentirse medio mal, acabaron por irse a su casa. Entonces se le abrieron las llaves del recuerdo a la abuela. Casi dos horas se quedó recordando aquella vida lejana. Jugaba a evocar viejas palabras, viejos modos de su pasado: la llegada de la luz eléctrica a su pueblo; los bailes con sus jóvenes hermanas mayores encorsetadas hasta perder el aliento; las lecturas en voz alta después de la merienda y el placer por la conversación.

¿Por qué no habré nacido yo en esas épocas? No lo digo por el corsé, sino por la conversación. Pero también me contó del suicidio del hermano de mi abuelo y el de su propio hermano que antes había perdido una pierna durante la "Decena Trágica". Ella era apenas una niña. Su otro hermano murió de lepra. Así que no todo lo que me contó fue agradable. ¿Se heredarán las tendencias suicidas?

Brian dejó su mutismo para mostrarles a mis padres su nuevo proyecto. Mi papá se entusiasmó mucho. Yo les conté del congreso en octubre en España. No pienso ir por lo del bebé de Sara. Y, claro, Óscar huyó acabando de comer con sus amigos. Los 17 años no dan para permanecer escuchando al cuñado o a la bisabuela. Me imagino que yo tampoco lo hubiera hecho. Y no lo imagino, lo afirmo, mi vida en aquellas edades era bastante problemática.

Abril 2

La batalla que ganó Porfirio Díaz a los franceses. ¿Habrá supuesto, entonces, aquel héroe guerrero que acabaría apoltronado en la silla presidencial durante treinta años perdiendo así su calidad heroica? ¿Se pueden olvidar los triunfos para sólo recordar una parte de la historia?

A veces cuando escribo pienso que es más bien como si me dijera: la próxima vez será diferente. Y caigo en cuenta de que todos esos proyectos pertenecen al diario, que sólo aquí tienen cabida. Se refieren a mi vida: cuando vuelva a ser joven, cuando busque pareja, cuando decida el rumbo de mis pasos. Ya nada tiene remedio. La suerte fue echada. No tengo más alternativa que la del diario. El tiempo pasado no puede modificarse.

Creeré en la reencarnación.

Abril 6

Acaso una palabra,
la sombra vacilante de las hojas,
el aire que fuerza su camino
con el vigor de otros momentos.

La mirada se agota en la distancia,
la sangre cabalga.
Vaya el tiempo al rescate de su origen.

Voces nuevas se acunan en mi oído,
el árbol se recubre de follaje,
el gorrión edifica otra morada.

Todo en vano,
jamás yo vestiré de verde.

El tiempo reblandece mis huesos. Tengo 42 años. Observo el amor de lejos. ¿Existe realmente el amor? ¿Y qué fue entonces Guillermo?

Llegó Óscar con enormes manchas púrpura en las piernas. Tengo miedo, mañana iremos al médico.

Abril 9
La hemos pasado angustiados: los análisis y por fin de nuevo la visita al doctor. No sabe qué fue, pero nos tranquilizó, Óscar está bien aunque sigue moreteado. Todos volvimos a respirar.

Me ofrecieron otra clase para el semestre entrante. Estoy contenta. El reto de conmover a los alumnos, como yo lo estuve en esas edades, me estimula. No es sólo preparar las clases, revisar libros y fichas, es darle peso a mi voz. Lo malo es sentir la desesperación que tenemos los maestros de no ser tomados en cuenta para el tal Congreso. Hay mucho desaliento. ¿Pues qué no es importante para los cambios la opinión de los académicos? Alumnos y autoridades, ¿y ya?

He vuelto a meditar sobre las musarañas de siempre. El cuerpo me pide enamorarme y al mismo tiempo sé que el cuerpo engaña, se deja convencer demasiado fácilmente.

Vaya si lo sabré yo. El cuerpo cede a lo que la razón objeta. Unos instantes de gozo animal cambiaron el curso de mi vida.

Abril 11

Sí, hoy pensé en el suicidio al sentir la impotencia. ¿Impotencia de qué? Las cosas vuelven a lo de siempre. Me siento sin fuerzas hasta para llevarlo a cabo. Seguir viviendo por carecer de energía para morir.

Pero entonces pensé en Sara y su embarazo. Hablé largo con Silvia, muy modestamente puede alcanzarme con lo que gano. Y luego el nieto que llegará en unos meses. Se me vino a la cabeza otra Silvia, Sylvia Plath, sus hijos no pudieron detenerla.

Abril 14

No sé cómo, pero la música que escuchaba en el coche, el sorprendente poco tráfico y algo que ignoro qué fue, se unieron para darme unos momentos de dicha. Mi voz interior se dejó escuchar armoniosa.

Óscar está más razonable. Nos parecemos en la inquietud de esos años. Yo lo observo, muy alto como su padre, pero con los ojos y pelo oscuros como los míos. Seguro que fuma mota, ¿y cómo podría yo juzgarlo? Espero que se le pase, que no vaya a meterse otras cosas. Espero que se apacigüe.

Abril 15

Debo decir que Vicente, el colega de la facultad, me miró de una manera que me hizo volver a percibirme como mujer, así de simple. He vuelto a sentirme mujer que renace en la mirada de un hombre. He despertado el deseo en alguien cercano. Pero no van por ahí las cosas. Así sucede y con frecuencia. Yo necesito otra cosa porque la experiencia de un encuentro fugaz ya la tengo, por eso he rechazado siempre estos ligues. Sin embargo, hoy reviví y lo agradezco.

B está todo el tiempo en el cuarto oscuro. Cuando sale no mejora la comunicación. Soy injusta, ha tenido problemas con las fotos y más se esconde detrás de su boca cerrada.

Abril 20

La mañana gris, el aire frío, las flores de jacaranda se dejan caer suavemente como caricias. Hoy he caminado mucho. Aunque sigo pateando las piedras. Pero he gozado también mucho. Gozar de lo erótico más con la imaginación que con el cuerpo, aunque a éste no le quede más remedio que responder. Pero, ¿qué no es así el erotismo? Se trata de un erotismo sin rostro, sin el de Brian, pero sin el de nadie. Tal vez Guillermo sea sólo el sueño no cumplido. La mera excusa para justificar mi tristeza. ¿Cómo sería hoy mi vida?

Abril 23

Le conté a Marcela lo de mi diario y ella me prestó *El cuaderno dorado* de Doris Lessing, lo estoy disfrutando mucho. Me siento personaje, aunque será sólo porque el doctor Balcárcel me llamó eso, personaje. Y los personajes en el diario se van desdoblando, ¿como yo?

Ahora un problema: el estado de mi pluma que tan fácilmente puede ser sustituida. El caso es que cuando la siento ya cómplice de las palabras del diario, me duele abandonarla, pienso que puede hacerlo mejor que cualquier otra que apenas se inicia en el trabajo. Ésta ya estaba entrenada y solía deslizarse casi sola.

Pero me prometí no dejarme vencer por los objetos que parece que se animaran. Sus almas de objetos me son más cercanas que las de mucha gente.

Escribir en el diario me hace bien. Así espío mis pensamientos cuando se asoman y empiezo caminos mentales que de otro modo no recorrería. Acecho las ideas o los recuerdos o la libre asociación. Me espío como si yo fuera otra.

En momentos en que siento esta hambre por escribir, esta gozosa intranquilidad, me pregunto si la conversación llega a ser tan intensa. Claro que sí, me consta. Pero en la duda ensayo hacer poemas. Son la respuesta inmediata aunque vuelva a repetir lo mismo. Ahí vigilo las palabras desde un mirador más alto, con la necesidad de aprehenderme, de no permitirme huir y desvanecerme. Conservar así los pequeños instantes luminosos a veces, a veces sombríos. Y aun cuando jamás relea lo que escribo, el mero hecho de hacerlo, intensifica todo, ese recogimiento le otorga a mi pluma una mayor agudeza, creo.

La pluma funciona en razón directa al flujo de la idea prendida muy bien de la mano que la sostiene.

La luz se quiebra
sobre el cuerpo de un instante
con tacto de joyero.

Bruñe el esmeril
un prisma de palabras,
soldando
el aro del presente.

Abril 26

B se fue ayer a Canadá. Aprovechará para visitar a su familia y para arreglar sus asuntos con la revista. Ayer mismo, tarde en la tarde, decidí ir a visitar a Sara, pero ella no estaba. Me recibió Paco y me pidió que la esperara. Y cómo hablamos entre una taza de café y otra. Al ver que no aparecía mi hija, intenté irme, aunque la charla era tan viva que no lo hice. Cuando por fin llegó, apenas me quedé un rato más. Ya se le pasaron las náuseas, pero realmente hablamos poco. Sara heredó de su papá las pocas palabras. Sin embargo, yo volví a la casa contenta, la charla siempre me anima y reconforta.

Mayo 1

Mártires de Chicago, hoy, día de asueto. La cruel inmolación acabó trayendo un día festivo.

Desde hace una semana estoy aflojerada, quizá sea por el calor inmenso que ha hecho estos días. El jardín es un horno, hasta bajo la sombra de mi amigo el sauce que casi ocupa todo el jardín. Ese sauce que nos hemos disputado Sara y yo desde que ella era una niña. "El árbol es mío, mamá, es mi casita, pero te lo presto." "No, hija, es mi refugio, y te lo presto yo." Pero hoy el aire parece sólido, ni el menor agitarse de las hojas, ni menos aún, de las cortinas. Dentro de la casa, el infierno. He tenido que tomar las pastillas para dormir que me recetó el doctor Balcárcel. Dormir finalmente da fuerzas. Aunque así no sueño nada, o no me acuerdo.

Hoy me inspeccioné con cuidado en el espejo, todavía paso el examen, según yo. También inspeccioné el óleo que me hizo Bob Connally, el amigo de B, hace ya mil años. Qué plácida me veo ahí, seguro que por los ojos vacunos del todavía imperceptible embarazo de Óscar. Tampoco está la cicatriz de la ceja derecha que me dejó el accidente. Ésta es una semana a solas (Óscar se fue fuera con unos amigos), me he sentido una Natalia sin calificativos de ninguna clase. Qué grato resulta.

Hice una comida para los del seminario de la fac. Estuvo muy divertida. En la noche fuimos todos al cine. Pasaban, en un ciclo de asuntos sobre la pareja, "Kramer contra Kramer" que no había visto nunca. Me encantó, aunque no se me ocurre pensar en algo de ese tipo. Sin embargo, claro que existen miles de motivos, que antes no se mencionaban nunca en público. Al diablo con los prejuicios. El amor entre mujeres debe ser más amable, sin tanta violencia. Se parte, a fin de cuentas, de una comprensión de género. Así y todo, prefiero a los hombres.

Mayo 5

Ganamos una batalla a los franceses, pero la historia siguió su curso. Y si una golondrina no hace verano, ¿qué decir de una batalla? El victorioso Zaragoza estaba enfermo y no encabezó el ejército, cosa que se suele soslayar.

B está de vuelta y muy contento. Todo le salió a pedir de boca. También su boca se ha abierto. Ojalá el gusto le dure y no se le sequen tan pronto las palabras. Ha sido muy agradable escucharlo. Venía feliz de reencontrarse con su gente y la revista aceptó sus condiciones. ¿Qué más se puede pedir? Además su regreso entusiasmado incendió las sábanas.

Me trajo de regalo el bello diario de Nicole Brossard en francés, que no es mi fuerte, lo traduzco con dificultad: "La noche es blanca. Por lo tanto yo existo. ¡Entonces! ¡Entonces! Pensar en rehacer el mundo o lo imaginario. Me interrogo directamente sobre lo vivido, igual que lo hago con la conversación, la sonrisa, las lágrimas o la risa."

La semana próxima debo exponer en el seminario. Eso, que me es tan importante, suelo no tocarlo en el diario. Será porque otras cosas acaban abrumándome. Pero el trato con mis compañeros será siempre una bendición para esta tonta obsesiva, con todo y los líos del Congreso Universitario. Me siento feliz con la actuación casi parlanchina de Brian (exagero) y tomo fuerzas para ese otro registro. Hablaré sobre el proyecto de nuestra nación en el siglo XIX.

Cuando llegó Óscar reconocí los efectos de la mariguana.

Mayo 7
Conato de aborto. Preocupación familiar. Reposo.

Mayo 10
Horrendo siempre el día de las madres, con una justificación esta vez para no acordarse de él, aunque la justificación no sea buena. ¿Una maternidad frustrada? ¡No! Sara no ha vuelto a tener espasmos, yo cruzo los dedos. No sé qué más escribir dado que mis pensamientos están atrapados por este asunto. Todo lo demás serían sólo reflexiones egoístas. Porque ver a la hija en estas condiciones, borra cualquier otra consideración. Además en casa todo parece ir mejor. B también está preocupado, ¿pues cómo no? Pero habla de ello, lo cual ya es ganancia.

Mayo 15
Otro día sin trabajo, el obsequio a los maestros en su día es privarlos de los estudiantes.

Sara, sin novedad. Espero que el peligro se haya alejado en definitiva. Si todo sigue así, podrá ir recuperando su vida cotidiana.

De nuevo en esta ambivalencia, no sé si escribir es lo que quiero. Y que precisamente sea esto lo que no quiero. Con los pensamientos puestos en la salud de mi hija, no tengo ganas de derrumbarme de nuevo. Y, dado que escribir me hace hurgar, prefiero dejar las cosas en paz.

Mayo 19
Hoy fuimos a tomar un café Vicente y yo. Hablamos de todo y de nada. Era simplemente el placer de la mutua compañía. Antes caminamos por el Jardín Botánico. La cercanía de su cuerpo me inquietaba, aunque sólo fuera al detenernos a señalar al mismo tiempo la belleza de un cactus. La naturaleza desplegaba sus encantos y yo me dejé

seducir por el espectáculo. Bueno, por el correr de las palabras y del silencio. Un silencio rico en alusiones. Y es que muchas veces cuando se da una cierta complicidad, el silencio se convierte en una vía de entendimiento, no en un silencio denso como las rocas del Jardín Botánico.

Mayo 28

Sara ya está en pie. Vinieron a cenar con nosotros, aunque Óscar no llegó sino hasta que ya se habían ido ellos de nuevo a su casa. Paco se enfrascó en otra larga conversación conmigo mientras Sara veía las fotos de B.

Sigo leyendo a S. Plath. Quisiera ser tan honesta como ella, aunque finalmente a ella el escribir no le resolvió el problema. También he pensado que la elección de la lectura va en sentido directo a las carencias.

Marcela y yo nos hemos aproximado a través de los libros ya no sólo por ser colegas. Al comentarlos pasamos del texto a la vida. Me da gusto nuestra cercanía.

10 de junio

Y no puedo dejar de pensar en aquel horrendo 10 de junio que me encontró a mí con una niña de 2 años y a punto de dar a luz de nuevo.

Vicente sigue con una insistencia que me empieza a doblegar. Es tan grato sentir el deseo. Aunque no quiero engañarme, también él está casado. Todo es bastante problemático pese a que no se trate de otra cosa más que de gozar el momento. Los momentos de gozo son escasos. ¿Entonces? Aprendí bien qué trae ceder al deseo. Por eso me volví frígida, bueno, frígida no, claro que no, pero a la defensiva ante este tipo de entretenimientos.

12 de junio
Cedí.

Más no quiero escribir.

13 de junio

Qué bueno tener piel, me susurraste,
tránsito dulce del conocimiento.

Y sin embargo…
Es hoguera de agua,
no te engañes.

16 de junio
El doctor Balcárcel no expresa juicios morales, por fortuna. Pero me dijo que muchas veces el aceptar una situación así acaba mejorando las cosas en el matrimonio. No sé si sea verdad. Lo que sí sé es que los días se llenan de luz a pesar de las lluvias torrenciales.

Pero hay algo que no me gusta, veo inquieta a Sara, tal vez hasta preocupada, aunque no me ha dicho nada. Se le nota, de eso no hay duda.

17 de junio
Quizá los ojos son de veras la lengua del alma. Hoy me dijeron en la fac que me veía muy guapa, que mis ojos brillaban. Y cuando me asomé al espejo, debí aceptar que había luz en ellos. Esa luz que acaso también me habita. Todo me parece limpio (ja, ja) y brillante como después de la lluvia cuando se prodiga en las hojas temblorosas del sauce. Quisiera compartir esta felicidad y llenar mi casa con ella. Que cada una de mis acciones la reflejara. Así que hoy no sufriré, voy a gozar.

Qué importante es saberse deseada. Debo asirme a esta realidad que vislumbro para inyectarme de vida, para descubrirme en él, para volver a dotar de sentido al aire que respiro, al poema que imagino. El universo entero renace.

17 de junio (altas horas de la madrugada)

> La luz se quiebra en el oro
> recién nacido y en los nocturnos
> verdes de la fronda
> que esperan la futura
> claridad del día.
> Al siseo del aire
> y del agua que cae inalterada,
> la memoria dispensa tu dulce lluvia
> en la calma engañosa de mi fuente.

¿Para qué volver a escribir hoy? Es sólo que no puedo borrar de la cabeza el torbellino de sensaciones que la acosan. Porque tal y como fue ayer después de contemplar juntos la verde riqueza de Contreras, sé, sé con una seguridad que nace por dentro. Reconozco la sabiduría del cuerpo, la sabiduría que da esa otra parte del cerebro palpitante ya no de vida vegetativa, sino de intuiciones que despiertan ante los más minúsculos estímulos. Sé, llena de ansias, que esto me lanza a aprehender la vida, que he recobrado la fe. He recobrado la ensoñación para situarla en un sitio que me gratifica. Me he alocado en mi arreglo personal, hasta llegar a pintarme las uñas de rojo, ¿quién lo diría?

Sé que ahora ya no me importa la rigidez de los números caseros. Que ésta se desvanece y que yo puedo moverme en un lugar construido de otra manera. Sé que el solo pensamiento de una espera dichosa me mantiene. ¿Enamorada?, más bien sólo un invento, pero es suficiente.

Junio 19

Será siempre el impulso de furia o de la (des)esperanza lo que me hace sentarme a escribir. El cuaderno como interlocutor atento.

Después de este preámbulo que me lleva a sincerarme, mi enojo empieza a ceder. Volvimos a tener B y yo un fuerte disgusto. Óscar es perfectamente desordenado y B me lo reclamó a mí. Cuando quise protestar se me dijo que sólo alguien, en esta casa, tiene derecho a hablar de ello, si yo acepto solapar el desorden. Vaya que no lo solapo, pero tampoco es el fin del mundo. Son cosas de la adolescencia. Ojalá todo se concretara al desorden de un cuarto.

¿Cómo hemos convivido tanto tiempo? ¿Y cómo no nos detestamos más? Tal vez sea que ambos preferimos no pensar para no alcanzar el fondo de la verdad que los dos acabamos eludiendo siempre. La vida en pareja nunca ha sido fácil para nadie.

Sólo el peso de las rencillas cotidianas. Y hasta lo otro por lo pronto no me reconforta nada. Al contrario, me hace sentir una hipócrita.

Junio 20

Y 18 años de Óscar que, claro, decidió celebrar en otro lado con sus amigos. Dejó cerrada con llave la puerta de su habitación, así las huellas del caos quedan fuera de la vista.

Sara me dijo que hay problemas con Paco, que piensa que quizá esté enamorado de otra mujer. La tranquilicé a ella pero yo me he quedado intranquila.

Junio 22

Bajo la sombra del sauce, con el cuaderno en las rodillas. Dejó de llover los últimos días, el atardecer de hoy es magnífico. Las nubes se van llenando de colores y yo me veo retratada en ellas. Siempre cambiante. Ojalá que esas tonalidades permanezcan dentro de mí para siempre. El cielo acabará por oscurecerse. Pero yo no quiero volver a la oscuridad.

La colección de fotos de B es realmente muy buena. Qué ojo para captar lo que tal vez a otros pueda pasar inadvertido. Además ahora se ha dedicado a sacar ángulos, objetos. Y su mirada, que se deposita por lo pronto en la imagen de las cosas, me hace sentirlo más cerca. Debe ser para él una especie de descanso de sus intereses periodísticos tan precisos desde aquel momento lejano en que nos conocimos. Cuando la ciudad estaba tan revuelta. ¿Quién se lo hubiera dicho entonces? ¿Cómo imaginar que aquella tarde de septiembre iba a cambiar su vida, la mía? Pero, bueno, era la Marcha del Silencio que anticipó, ya desde el mismo nombre, este silencio de ahora. Brian Bauer, nunca te quitaste el esparadrapo de la marcha que tú mismo no llevabas. Aunque tal vez sea que naciste con uno cosido a tus labios. Recuerdo tu barba rubia que los ocultaba y que hace ya mucho tiempo no tienes.

Todo fue, ahora lo pienso, tan confuso, tan convulsionado. Éramos muy jóvenes, estábamos excitados creyendo que se podían cambiar las cosas. Y esa excitación nos llevó a la otra. Recuerdo la preocupación de mi familia en esos años. Pero mis padres ya habían perdido su dominio sobre de mí. Esos años nos marcaron a todos. El último sueño del idealismo. Nos habíamos dedicado a explorar en muchas direcciones sin medir las consecuencias. El mundo, el cuerpo, la búsqueda intensa de la percepción. ¿Me arrepiento? ¡No! Aunque las cosas no sean hoy fáciles. Eran otros tiempos. Cuando veo a Óscar, lo entiendo, pero prefiero que él no se dé mucha cuenta. El tiempo no pasa en vano. Pero pasó en aquel horrendo 2 de octubre para Celia, para Felipe, para aquel número grande de muertos entre quienes yo no estuve.

Junio 25

Vicente me regaló *El oficio de vivir* de Pavese, después de que le conté el otro día lo del diario. Ya lo empecé a leer, veo que Pavese también cambia de estados de ánimo con mucha frecuencia. Además también me enteré de que no era campeón en las lides amorosas. Tal vez no lo sea nadie, pero no todos dejan constancia escrita. "Todas las palizas que me he llevado han sido por mi abandono voluptuoso a lo absoluto, a lo ignoto, a lo inconsciente". ¿Será eso lo que me sucede? Además, mientras más lo pienso menos me agrada la idea de llevar una doble vida. Muy grata, eso sí, pero…

Julio 1

Mañana maravillosa con Vicente. ¿Quién me entiende? Tal vez ni el doctor Balcárcel que debe ya estar acostumbrado a escuchar problemas mucho peores. Me acojo a Pavese: "Pero la gran tremenda verdad es ésta: sufrir no sirve para nada". Entonces gozaré.

En la nochecita vinieron Sara y Paco. Ya estrenó ella su primera ropa de maternidad. Sara se enfrascó de nuevo con B en lo de las fotos y Paco se dedicó a conversar conmigo todo el tiempo. Él y yo tuvimos varios desacuerdos, pero la vivacidad de la charla compensó la diferencia de opiniones. Espero que los temores de Sara sean sólo por su descontrol con el embarazo.

Julio 3

Hoy fue el último encuentro "del tercer tipo". Prefiero poner en claro la vida "B". He pensado hasta el dolor. ¿Para qué negarlo?

> Como el grito lanzado contra un risco
> es devuelto al oído en voces pétreas.
> Como rasga la piedra la cubierta
> y las bocas del lago multiplica.
> Como el paso del aire por la arena
> refleja del mar el movimiento,
> la tensa claridad de algún instante
> busca amparo a la sombra de la tinta.
> Espejo que repite
> el ciclo infinito del presente.

Tengo el diario y la carencia.

Julio 5

Hacía tiempo que no me sentía tan mal, tan desesperada, tan sola (mi culpa), tan perdida. Un futuro que mis clases no compensan. Un pasado largo, irrepetible, equivocado. Y un presente eterno sin mayores sorpresas.

Me cambiaron las pastillas. Y es que las noches se abren a un tiempo larguísimo. Podría levantarme y leer, por ejemplo. Pero no lo hago. La sábana es un mar revuelto.

Estoy en el jardín y ni la visión siempre grata de lo verde me compone el ánimo.

Ayer fui a casa de Marcela, me hizo bien hablar con ella, aunque salieron a relucir los problemas en la universidad. Hubiera preferido no tocarlos. No se puede aumentar la carga de los días. Ya aquel otro conflicto lo viví hasta el fondo.

Su casa es minúscula pero agradable. Sí, vive sola y vive bien. No tiene hijos, tampoco parecen hacerle falta. Aunque quién sabe, Sara y Óscar son dos grandes ventanas de mi vida. No quiero ni detenerme a imaginar en qué piensan los muchachos. Porque no son ciegos ni sordos. Y yo soy bastante transparente, aunque tal vez por el carácter de B, se nos hizo costumbre a todos respetar la intimidad. "El respeto al derecho…" y esas cosas. El derecho a volverse loca de angustia.

Julio 7

Fuimos a cenar B y yo con los queridos Artigas. Los cuatro la pasamos contentos, Brian les contó de su proyecto, y yo del de Sara. Ellos están por irse un tiempo a Francia. Ambos consiguieron entrar en una investigación en la misma universidad. Quién dijera que nos podemos entender tan bien con estos biólogos, amigos de tantos años, desde que nos conocimos por la escuela de los hijos. La noche estuvo llena de reminiscencias y de buen humor.

Julio 9

Terminó el día y nada trajo. Y yo debo estar más que loca, porque cada cosa que sucede la vivo como si fuera el fin del mundo. ¿Pues qué me pasa? Entre la realidad y mis expectativas hay una brecha perfectamente inabarcable. ¿Será culpa de la realidad o sólo mía?

Y luego Sara que volvió a insistir en que Paco debe haber puesto los ojos en alguien. "Creo que ya no le importo, mamá", me dijo con los ojos llorosos. ¿Será verdad? No, no quiero ni imaginarlo. Mejor no pensar. Sara está muy sensible estos días, pero cuando los veo, Paco sigue conversando conmigo como si nada. Por eso me inclino a achacarlo a su condición de futura madre. ¡Ojalá!

Julio 10

Dormí como noqueada. Olvidé tomarlas, pero no hubo necesidad de las pastillas. Además decidí hacer un guardadito. Pero anoche fue como sumergirme en el océano del sueño para no salir nunca. Cómo entiendo a V. Woolf, es dejarse invadir por un elemento que se adueña de uno completamente. Cubrirse con él, integrarse en él, desintegrarse en él.

Qué frágil equilibrio que en un momento se deshace. El regreso a la cárcel cotidiana. Y si la vida está siempre en otra parte, ¿dónde, demonios, está la mía?

Quisiera huir pero no me atrevo. No se puede empezar de nuevo. Cada acto es único e irrepetible. Por mil veces que el semen desaparezca en el agua del baño, dos veces prendió en mi cuerpo. Y creció y creció y creció y creció.

Julio 15

El doctor Balcárcel me escucha con paciencia (es su oficio), pero me ha hecho tantas preguntas que me parece que le "inquieta" lo que le digo. Cuando estoy en el consultorio las soluciones brincan por todas partes. Parece todo tan fácil… de vuelta en casa espío las pastillas que guardo detrás del espejo.

Aunque también he llegado a pensar en si de veras el divorcio solucionaría este enorme desasosiego. Qué fácil es culpar a B. ¿Y yo? Sería muy tonto sentirme una blanca paloma. Óscar me reclama mi actitud y me dice que me ve más adolescente de lo que yo lo veo a él. "Ay madre, ya bájale." Debe tener razón. Es sólo que quisiera pensar que se puede vivir más plenamente. Que se pueden compartir los afanes. Que no hacen falta tantas palabras, pero tampoco se puede prescindir de ellas. ¿O sí? ¿Cuántos dólares canadienses por una oración de siete palabras?

Julio 26

¡Moncada! ¿Y ahora, 37 años después? ¡El inicio del Movimiento del 68! ¿Y ahora, 22 años después?

Todas las acciones humanas marchan a su destrucción. ¿Entropía?

Julio 28

Salí a caminar en la tarde, ahora estoy esperando a que lleguen Sara y Paco. Ella trabaja a marchas forzadas en lo de la tesis. Quiere examinarse antes del arribo del bebé. ¿Y cómo irá a estar ella a mis años? Espero que mucho mejor, las locas como yo son un problema social que vale más echar al cesto de la basura. Qué feliz me pone la espera, la de los futuros padres, dentro de un rato, y la del "producto" en unos meses. Imagino los enormes ojos de mi hija, azules como el mar en calma, contemplándolo, entonces cruzo los dedos. La vida puede (y debe) regalar muchos momentos jubilosos. ¿De qué color serán los ojos de la nieta?

No todo está perdido, la raza se continúa entre el silencio de B y mi verborrea escrita, porque la oral carecería de oídos.

Qué bueno tener el diario a pesar de mi mala letra.

Agosto 3

Al fin me decido a regresar al cuaderno. No creí volver a él nunca, pero no hay doctor Balcárcel, ni Silvia, ni Marcela ni nadie a quien quiera yo confiarle esto.

Y aquí ya casi en la madrugada intentaré escribir.

¡No puedo!

Agosto 5

Trataré de nuevo. Pero, ¿por dónde empezar?

¿Qué hice mal? ¿Qué tan grande es mi culpa? Las acciones no son nunca inocentes, dice Freud, y con él, el mero sentido común. Pero, ¿por qué no me di cuenta? ¿O por qué no quise darme cuenta? El horror se me instala con una fuerza mucho más grande que la pena. Qué tontas me parecen ahora mis interminables reflexiones. ¡Qué angustia! ¡Qué dolor infame! ¿Por qué? ¿Por qué? ¿Por qué?

Agosto 6
La otra noche que vinieron Sara y Paco prometía ser una velada familiar sin mayor trascendencia. Pero, ¿qué es la trascendencia? "Tomar al toro por los cuernos". Las palabras caen con inocencia, pero no existe la inocencia. No, no existe: los cuernos, y vaya…

Yo me quedé con Paco en la sala mientras B y Sara trajinaban en la cocina. Por fin llegaron padre e hija con el platón humeante que habían confeccionado. Pero la cena fue muy tensa y muy breve. El silencio pesaba. Vaya que pesaba, nunca llegó a darse la conversación.

Muy temprano en la mañana del día siguiente, llegó Sara a pedirme que hablara con Paco, que yo me entendía bien con él, que ella no sabía cómo hacerlo, que se le secaban las palabras en la boca. Le prometí hacerlo.

Y lo hice.

Lo cité en un sitio cerca de su oficina. Primero se sorprendió "¿Qué sucede, Natalia?" Yo le dije que sólo quería hablar con él. Paco pidió dos copas de brandy, yo no sabía por dónde empezar. Bebíamos en silencio, yo estaba muy incómoda. Por fin me animé a preguntarle si tenían problemas. Paco me dijo que no era feliz en su matrimonio. Yo le dije que en todas las parejas hay buenas y malas etapas, que pusiera de su parte, que estarían nerviosos por el nacimiento de su hija. Primero él parecía estar de acuerdo. Pero luego empezó a hablar, a decirme que él pensaba que su matrimonio había sido un error, que él necesitaba algo más que no encontraba en su esposa. "Sara siempre parece estar en otro lado, no hablamos como yo lo hago contigo".

Entonces sin que nada lo anunciara me dijo algo espantoso. ¡Espantoso! Me dijo que de quien estaba enamorado era de mí. ¡De mí! Yo lo paré en seco pero las palabras ya habían sido dichas. "Natalia, lo he pensado mucho, y te lo voy a decir aunque después me arrepienta, es que estoy enamorado de ti". Así, directamente así. "Contigo me entiendo, lo que no me pasa con Sara. Es terrible, pero de quien estoy enamorado es de ti. Me esperaré a que pase todo, pero…"

Desde entonces llevo este horrendo dolor encima. Me estoy volviendo loca. Ahora que he vuelto a recorrer hacia atrás el tiempo se me viene la viveza de las charlas con Paco. Su necesidad de compartirme sus anhelos. Y yo, vulnerable y débil, accedí tontamente a escucharlo. Y, sí, gocé de aquellas conversaciones sin detenerme a pensar en consecuencias que nunca —ésa es la verdad— me pasaron por la cabeza. ¡Qué ciega!

Durante años Sara y yo jugamos a pelearnos por la propiedad del sauce, era de las dos, nos cubría a las dos. Pero jamás de los jamases me hubiera yo imaginado esta pesadilla. ¿Qué tanto hice yo para alentar a Paco? Qué perfectamente egoísta he sido. No, no tengo perdón. ¿Cómo puede una madre atravesarse en el camino de su hija? ¿Cómo no me di cuenta? ¿Qué va a ser de mi hija? ¿Qué va a ser de mí?

Agosto 10

"¿Hay algo más trivial que la muerte?" "Nunca le falta a nadie una buena razón para matarse". Vicente jamás se imaginó qué me daba cuando me regaló el libro de Pavese. Se entrelazan los hilos de lo que parece no tener relación. Devoro el libro cuando puedo concentrarme, cosa que no me es nada fácil. Mi dolor es insoportable.

Antier vi de urgencia al doctor Balcárcel, me inyectaron. Después no podía pensar, no podía ni siquiera enlazar las sílabas para hablar. Hoy soy un poco más dueña de mí, pero él quiere volverme a inyectar. Me estoy volviendo loca. B se ve muy preocupado, aunque no le he dicho la causa de mi trastorno. ¿Cómo confiarle algo tan pavoroso? Sin embargo, agradezco su solicitud. Por fortuna Óscar no ha estado en casa, así que me evito su escrutinio. He hablado con Sara, pero no la he visto. Si supiera... Pobre hija mía, si sólo supiera...

Agosto 13
Queridos parientes suicidas:

He decidido escribirles para decirles que creo que acabaré siguiendo sus pasos. Sé tan poco de ustedes. Pero algo nos hermana. Tal vez es la fatalidad de la herencia.

Siempre me ha dado mucha curiosidad saber sus razones y sé también que es imposible. La abuela ha eludido hablar a fondo de esos esqueletos guardados en el armario. ¿Como lo estará pronto el mío? Es sólo un aliento que invade hasta la parte más profunda, hasta tocar fondo. Yo lo he tocado.

¿Qué les sucedió a ustedes? Porque yo no sabría qué contestar de mí si volvieran ustedes para interrogarme. Es tal vez como si se hubieran cerrado de golpe todas las puertas de salida. Y una se quedara apresada mientras la casa se quema y el humo no permite ver hacia adelante. No, no hay salida. Yo no tengo salida. Yo no merezco una salida.

Esta tarde encontré una vieja pistola de B, guardada en un rincón oscuro. Pero, queridos parientes, debo confesarles que me vi muy torpe. Me pasé buscando la mane-

ra de introducir las balas. ¡No pude! Sólo hice un simula-
cro. Me la metí en la boca y no tuve la sensación de náusea
que temía que pudiera desviar el curso del disparo. Luego
accioné el gatillo. Cerré los ojos, quizá la pistola después
de todo estuviera cargada. Escuché el "clic" del mecanis-
mo. Seguí viviendo. Sería tan rápido, ¡pero no pude me-
terle las balas! Y las pastillas no son suficientes. Y la vida de
mi hija destrozada por mi estupidez.

Me despido de ustedes, sólo quería pedirles que me
hagan un hueco en el armario. Ya les dije, ustedes sí saben
mis horrendas razones.

Hasta muy pronto.

Agosto 15
Es mediodía, estoy bajo el sauce en un estado de ánimo
algo menos espantoso. (No en balde la medicación de
Balcárcel.) Voy a tratar de ser objetiva. ¿Podré?

1) Si sólo fuera nuestra desavenencia, el divorcio lo
solucionaría.

2) Si se tratara de una insatisfacción en el trabajo,
puedo adentrarme más en él. Ha sido culpa mía quedar-
me en la orilla.

3) Si pretendo la plenitud total de la vida, tengo edad
suficiente para saber que nadie la consigue nunca.

4) Pero la puntilla, querida Natalia, te la dio esa mal-
dita confesión que…

Agosto 17
Las cosas se han desbordado. ¿Cómo me aferro de lo de
afuera si me vivo hacia adentro? Me negué a seguir em-
brutecida con la medicina. El horror no puede aliviarse
con una inyección. Balcárcel me llamó por teléfono para
urgirme a no suspender el tratamiento. No le hice caso,

sólo me dediqué a vagar por la casa como sonámbula. Como vagan las delincuentes en su celda.

Sentada frente a mi retrato al óleo me pasé un tiempo largo contemplándolo, contemplándome. Odié el rostro que me veía desde la pared sin la cicatriz de la ceja del accidente del año pasado. ¿Por qué no me morí entonces? Ese rostro que fue el mío con la placidez bovina de los ojos. Entonces tomé un abrecartas turco en forma de cimitarra. Era matar por lo menos esa imagen odiosa, era el anticipo de la otra muerte. Y justo cuando estaba punto de desgarrar la tela, apareció Brian quien detuvo el impulso de mi mano.

Su fuerza frenó el movimiento, pero tampoco yo ofrecí mucha resistencia. Hablamos, hablamos mucho. No le dije bien lo de Paco, ¿cómo? Pero algo debe él haber sospechado. Nos quedamos hasta la madrugada, B me dijo que no estaba dispuesto a dejarme sola en este estado de abatimiento. Que él me quería aunque fuera tan parco para demostrarlo. Que me proponía irnos a vivir a Canadá en la primavera del año que entra, bien pasado ya el parto de Sara, a intentar un nuevo principio. Que él me prometía cambiar y que me suplicaba que yo también lo hiciera.

Acepté. No tuve fuerzas para negarme, si tampoco las he tenido para terminar con todo.

"No palabras. Un gesto. No escribiré más.", dice Pavese. Yo tampoco voy a hacerlo. Como tampoco hice el gesto.

Guillermo

Natalia marchaba en silencio entre la multitud silenciosa. La fuerza del silencio. El ruido del silencio. El ruido de los pasos golpeando el pavimento. El ruido de los corazones. El ruido de las exigencias del pliego petitorio. Pasos. Sólo pasos que buscaban defender lo que los gritos no habían conseguido. Luchar contra la represión. La represión del gobierno, pero también la de los adultos que rechazaban los cambios. Diálogo público. Los jóvenes tenemos derecho a buscar la justicia que ustedes olvidaron. Tenemos derecho a defender otra forma de vida, a defender nuestras escuelas. Tenemos derecho a cambiar de ropa. A cambiar de música. A cambiar. Pero lo más importante, tenemos derecho a no ser golpeados, encarcelados, asesinados. El país tiene derecho a la justicia.

Natalia había visto los tanques saliendo de la boca del Palacio Nacional, como en una escena de guerra. Estaban en guerra. En guerra contra el sistema que oprimía las libertades. El país, el mundo, pueden ser más justos. En la facultad se habían comentado las cosas antes de todo esto, antes de las asambleas: la búsqueda de un cambio radical de conducta. El horror de los padres. La entrega apasionada de los hijos. La seducción de vivir de otra manera.

Los pasos de la multitud resonaban en el pavimento. ¡Tam! ¡Tam! ¡Tam! Como si el suelo fuera un tambor. Natalia, al igual que todas las jóvenes, había recortado el largo de su falda. ¡Tam! ¡Tam!, de un tambor que aún no sabía que pronto iba a tocar a muerto. Las campanas de la catedral habían repiqueteado unos días antes a rebato. Los soldados parapetados en la azotea del Palacio Nacional. La brutalidad de la policía y de los granaderos. El ejército. El sonido de los pasos, la sensación solemne pero también festiva que los arropaba.

Tomás, Celia, Felipe marchaban junto a ella, brazo con brazo. Marchaban a la orilla de la columna. Los fotógrafos disparaban sus cámaras caminando cerca de ellos. Guillermo había viajado a Chihuahua por asuntos de familia. También ahí el año anterior se había sentido la represión de los estudiantes. Por eso estudiaba ahora en México. ¡Tam! ¡Tam! Cruzaban las esquinas con las bocas clausuradas. ¡Tam! ¡Tam!

Los padres presenciaban impotentes la rebeldía de los hijos que se negaban a seguir por ese camino trazado de antemano. Y los de Natalia se habían opuesto con fuerza a los cambios de su hija. ¿Qué ejemplo les están dando a tus hermanitos? Ella seguía por el nuevo modo de una generación llena de esperanzas que hasta esos momentos aún no había perdido.

Los comunistas quieren acabar con las buenas costumbres. Ustedes los jóvenes parecen hechizados por esas tonterías tan nefastas. La universidad es un nido de rojillos dispuestos a todo con tal de lograr sus propósitos, ¿qué no lo entiendes? Hay agentes internacionales. Quieren boicotear las Olimpiadas, mejor será que te salgas de ahí. Y Natalia acabó saliéndose pero de su casa, y no con Guillermo.

La alegría de ser joven, de mandar en el propio cuerpo. Amor libre. Amor sin barreras como el título de la película que los reflejaba más que nada en el título. Dar amor con el cuerpo. Recibirlo. Amor y paz. Si los adultos habían probado ser unas momias. Y la vida estaba para ser vivida. La mota impuso su humo verde de hilaridad, sed y también de paranoia. La lenta evolución del tiempo.

El contingente avanzaba en orden y cada vez era más numeroso. Las vallas de multitudes en las aceras, en los camellones se incorporaban. ¿Cómo hacerte ahora a un lado, cuando los estudiantes de tantas escuelas habían sido frenados, golpeados y encarcelados con violencia? ¿Cómo no salir a defender lo que crees?

Guillermo y Natalia se habían conocido, a principios del año, en alguna reunión de estudiantes. Guillermo, con la base de sus estudios de filosofía, cautivó a los compañeros con el entusiasmo de sus palabras. Y cautivó a Natalia con sus ojos gatunos y miopes. Los dos llevaban ahora el pelo largo, y más de una vez debieron esconderse de la persecución de la policía por el aspecto del muchacho de pantalones acampanados, con sus anteojos de grandes aros oscuros y su melena. Por los pantalones de mezclilla de ambos y el blusón indígena de ella.

Natalia empezó a asistir a lecturas de Marx. Y escondió *El capital* de la vista de sus padres. Que los cambios no debían quedar en la superficie. Que era preciso algo mucho más profundo. Que los burgueses defendían sus prebendas y que el resto del mundo se pudriera en todo el mundo. Así ha sido siempre, Natalia, las gentes no somos iguales, resonaba la voz de su padre. Pero ella no estaba de acuerdo.

Guillermo y Natalia descubrieron en un parque las delicias del cuerpo. El placer de lo prohibido. Las fronteras del mundo eran mucho más amplias de lo que los adultos aducían. El cuerpo pedía y era gratificado. Los sentidos crecieron. Las formas tomaban su curso psicodélico.

¡Tam! ¡Tam! ¡Tam!, caminaban ante la reprobación de muchos padres que los recriminaban sintiendo amenazado el orden de las cosas. ¡Muchachos revoltosos! ¡Comunistas! ¡Greñudos! Caminaban ante la aprobación de otros que aplaudían desde las calles y después, desde las ventanas. Dos dedos alzados en la V de venceremos.

Las lecturas de textos políticos, el rock, las canciones de protesta, la elocuencia verbal de Guillermo, el descontento general eran una forma intensa de ponerse en la vida. Y hacer el amor era apresar la dicha. La dicha que debería extenderse a lo largo de la geografía. Los obreros, los campesinos atrapados en su pobreza. En la cárcel de sus dirigentes. Natalia se había soñado trabajando para la resistencia en una guerra acaecida antes de su nacimiento. Pero Cuba sí es una realidad. Los jóvenes buscaban un cambio en el mundo y eran sometidos brutalmente. De un lado y del otro del mar. Sería lo justo, entiéndelo, papá. ¿Sabes tú lo que hacen en Rusia? Pero esto va ser distinto. Los comunistas quieren adueñarse de mentes incautas como la tuya. Mamá, ¿y no te da pena la pobreza? Pues claro que sí, pero el comunismo es muy malo, y ésa no es la solución de ninguna manera. Los padres se cerraban asustados. La casa era un infierno. Tu papá se ha quebrado la espalda para darles una vida buena y tú, que hablas de la justicia, querrías que su sueldo de ingeniero se repartiera entre todos, ¿y eso te parece justo?, ¡que trabajen! Pero si muchos no tienen oportunidad ni de estudiar. Pero no vas a culparnos a nosotros, ¿verdad? La culpa es de todos.

A la derecha, el bosque de Chapultepec. Lo verde del parque. Tan verde como el de la bandera o la esperanza. ¡Tam! ¡Tam! ¡Tam! Cuando Guillermo se instaló en su vida, ella estuvo más segura de su propio rechazo a esa forma desgastada de componendas del país, y el rechazo cobró fuerza. Antes era sólo una vaga idea que sus amigas y amigos no compartían. Así habían sido las cosas siempre. Y ellos aceptaban la buena suerte que les tocó al nacer. Si desde los Evangelios hay pobres, es la ley de la vida. Natalia encontró la fuerza de las otras palabras en la boca de Guillermo que también la cubría a ella de besos. Las jóvenes lecturas del muchacho crecieron dentro de sus oídos sedientos. La guerra fría era una advertencia y la mitad enemiga del mundo, una amenaza que debía ser controlada. ¿Querrías vivir detrás de la Cortina de Hierro sin permiso para salir del país?, aquí cualquiera puede viajar a donde le dé la gana. Si tiene dinero.

Guillermo jamás pisaba su casa, Natalia, segura del rechazo de su familia, no quiso complicar más los asuntos. Tomaban café en la cafetería de la universidad y cuando ésta fue cerrada buscaron otros sitios, buscaron un sitio a solas. No era fácil. Sus pantalones de mezclilla junto al aspecto desaliñado del joven eran casi una provocación para la defensa de las buenas costumbres. En la casa de Tomás escuchaban la música que desquiciaba a los adultos. La música como refuerzo del cambio. ¿Cómo explicar el remolino interior? Esa otra manera de mirar el mundo. Esa esperanza en tiempos más justos para todos. La promesa de felicidad si se modificaban radicalmente los modos sociales. Entonces Natalia se deshizo de sus faldas escocesas que no iban de acuerdo con una nueva forma de mirar la vida, por algo había que empezar. Así que ella empezó por ahí y empezó a dejarse crecer el pelo. ¿Qué no podrías arreglarte un poco, hija?, te pareces al mechudo de trapear y no a una niña decente. Pareces criada en domingo. Aunque te enojes, aquí en la casa te peinas y te recoges el pelo. Hazte, al menos, una cola de caballo, no las greñas en la cara que traes.

Una tarde Guillermo le regaló un libro de poemas. Veinte eran y una canción. Los leyeron hasta la saciedad. El poeta los hacía estremecerse. El amor se envolvía en sus palabras. Ese poeta sí que se había ganado el derecho a hablar. La acción y la reflexión iban de la mano. Había que estar en pie de lucha como lo estaba él. Ellos encontraron en aquellos versos un espejo para sus emociones exacerbadas. Y los brazos se les fatigaban dándole vuelta a la manivela del mimeógrafo para imprimir los volantes de lucha.

La presencia desnuda de la Diana Cazadora. ¡Tam! ¡Tam! El silencio. La presencia de la gente uniéndose a la marcha. La presencia de un fotógrafo extranjero cerca de ella. El cruce de miradas. El ruido estremecedor de los pasos. Las cuentas del collar golpeándole el pecho. Qué lejana aquella vida de antes. Qué lejana la cerrazón de su familia. La descalificación y el temor de sus padres. Su impotencia. Qué lejana la imagen de su casa, de su madre, de sus hermanos Gerardo y Jaime aún tan niños. Tan ajenos a las actividades de ella y sus compañeros, de Guillermo que hoy no marchaba junto a ella.

Durante muchos años Natalia había permanecido como hija única, dirigida por sus padres a prolongar el destino claro que se perfilaba en su futuro. Una vida ya resuelta desde el nacimiento, como la de su madre, la de su abuela. Como deben ser las cosas. Pero ella parecía no aceptarlo. Por eso decidió, tal vez, estudiar historia. Quería entender en el pasado, el momento presente que de pronto se llenaba de esperanza. Era muy niña al triunfo de la revolución cubana y creció con esa realidad que ofrecía un cambio justiciero. Guillermo la llevó a ampliar su panorama. Su cuerpo alto y fuerte, su rostro norteño de pómulos muy marcados, su pelo abundante y oscuro, su voz recia, la hicieron ver que otros pensaban como ella. Que el cambio era posible. Que por viejos, los adultos no lo entendían así. Que todo les daba miedo. Y Tomás, el amigo de Guillermo, con padres exiliados mucho más comprensivos, ofreció su casa como centro de reunión para un grupo de jóvenes con los mismos anhelos. Natalia se alejó de sus viejas amistades que se alojaban en una dimensión muy diferente a la suya, que nada tenían ya que decirse. Y clavó en la pared de su cuarto una fotografía del *Che*.

Sólo el ruido de los pasos. Los coches sin acceso al Paseo de la Reforma. Al viejo Paseo de la Emperatriz que también sabía de historia y que en ésta sucumbió. Ella, la emperatriz, había creído de buena fe. ¿Y ella, Natalia? Los rostros enrojecidos por la caminata. Los ojos brillantes. El entusiasmo por debajo del silencio que lo hacía crecer. Las columnas marchaban dibujando la V.

Hacía tiempo que Natalia había empezado a tomar la píldora. Bendita pastilla que le abrió la puerta de la libertad a las mujeres. Tal vez los adultos pensarían de otra manera si ésta se hubiera conocido antes. Entenderían el gozo del cuerpo sin el temor. El cuerpo que se incendiaba como ascuas que renacen agitadas por el viento. La seguridad de saberse protegida por aquella minúscula gragea que la lengua paladeaba en espera de caricias más dulces. La cajita permanecía oculta en la oscuridad de un cajón junto a *El capital*. ¡Tam! ¡Tam! ¡Tam! Casi podía oírse el disparo constante de las cámaras. De la cámara del fotógrafo que caminaba cerca de ella. Que la miraba y sonreía detrás de su barba rubia. Que no dejaba de mirarla.

La figura dorada del Ángel sobre su columna de mármol estaba ya cerca. Y desde ella se desprendía la gente para juntarse a la marcha o para celebrarla. Natalia se había sentido afortunada de haber nacido cuando nació y nadie puso en duda su entrada en la universidad. No como con su prima Susana, varios años mayor que ella y que debió sucumbir a la presión de sus tíos, quienes se negaron a que ella lo hiciera. No hubo forma de convencer en ese entonces a los padres. La universidad no es para las mujeres, en lugar de arquitectura, Susana, puedes estudiar decoración. Es lo mismo para una mujer y estarás entre señoritas decentes. Qué bien hicieron tus tíos, ahora no tienen los dolores de cabeza que tenemos nosotros. Debimos hacer lo mismo contigo. Y otro gallo nos cantaría hoy. Tu prima es ahora una señora respetable. Y frustrada. Los padres de Natalia se sentían impotentes ante la rebeldía de su hija. Guardaban distancia para no empujarla a cosas peores. Además ignoraban la existencia de Guillermo.

Desde hacía ya tiempo, los alrededores del Ángel habían sido sitio de encuentro de una juventud que se reunía en los cafés del rumbo. Decían que esas calles eran lo más cercano a pasear en Europa, desde el nombre mismo de esas calles. Y Natalia había ido con sus amigos de antes, pero también con los de ahora. Arreglar el mundo en un café al aire libre y correr a refugiarse de los aguaceros. Treparse al camión e ir de vuelta a casa. Pero eso había sido antes de este revuelo que convulsionaba la ciudad. ¡Tam! ¡Tam! Las alas de oro erguidas hacia el cielo. El silencio de las bocas.

Una mañana reciente Guillermo, junto al mimeógrafo, la rodeó con su brazo y la apretó con fuerza. Le dijo que debía ir a Chihuahua, que su abuelo estaba muy grave, que sus padres se lo habían pedido. Que no pudo negarse. Natalia se olvidó de comprar las pastillas. Se dedicó a asistir a las asambleas con Tomás, Celia, Felipe y el grupo numeroso de compañeros. Llegaba fatigada a la casa para encerrarse en su cuarto sin fuerzas para lidiar con sus padres. Miraba la foto del *Che* queriendo ver en ésta a Guillermo. No se parecían en absoluto. Sólo en el brillo de los ojos oscuros y densos unos, amarillos y densos los otros. Densos como puede serlo a veces el ámbar.

La voz recia de Guillermo le había contado cómo él se iba muchas veces durante las vacaciones a la Sierra Tarahumara. Le contó de sus pobladores arrinconados, hambrientos, y también de que en esa soledad arbolada él se dedicaba a leer y a pensar. *¡Ah, la soledad de los pinos!* Que el tiempo ahí corría de otra manera, muy suavemente. Y que así sus pensamientos tomaban un cauce más profundo. Que era una manera de sentirse vivo, de querer luchar por un futuro más digno. Natalia lo escuchaba con arrobo. Ella también se había cuestionado muchas veces. El mundo debería ser más justo, había que luchar por ello. Cuando empezaron los líos estudiantiles, ella no lo dudó y se adhirió a la protesta. Se adhirió como lo hicieron tantos otros. Y su indignación fue creciendo con los descalabros.

Frente a la multitud, Cuauhtémoc, erguido, enarbolaba su arma. La gente enarbolaba su silencio. El tam, tam de sus pasos. Natalia sentía la mirada intensa del fotógrafo de barba rubia. El disparo de la cámara sobre ella. Y él dibujó en sus labios su nombre, y ella, el suyo. El contingente cada vez más numeroso avanzaba por la avenida. La joven empezó a alterarse con la presencia cercana del fotógrafo, con la insistencia que no cedía en tantas calles. ¡Tam! ¡Tam! ¡Tam!

Me gustas cuando callas, y ella iba en silencio, *porque estás como ausente*. Los versos resonaban en su cabeza. Pero Guillermo estaba hoy ausente. Sólo la fuerte evocación del poema… en esta manifestación callada. Había casi fervor entre la multitud. Había la certeza de que serían escuchados. Que el gobierno no podía ser tan ciego. Un diálogo público para resolver las demandas que se pedía en silencio. Los excesos del poder serían castigados. La ciudad se había hecho presente en todo el mundo. Y ésa era mejor arma que las de la policía o del ejército. Por eso cada vez más personas ingresaban en las filas confiadas en la fuerza del silencio. Y todo volvería a la calma. Pero volvería de otra manera al triunfo de la razón que no aceptaba el maltrato a la juventud. Natalia caminaba en una orilla. El fotógrafo caminaba a su lado.

Se sabía de la falta de acuerdo entre los dirigentes. No era fácil llegar a éste, pero la protesta era justa. Y la lucha, más amplia que las rivalidades internas. Las asambleas se prolongaban por muchas horas. Las voces seguían un rumbo caudaloso, largo como el río que no acepta detener su cauce. El vigor juvenil se desataba. La furia ante la violencia que los golpeaba.

¿Sabes que el poeta nació como yo en Parral, Natalia, en otro Parral a muchos miles de kilómetros del mío?, le dijo Guillermo al darle el libro y un collar de grandes cuentas de colores. *Collar, cascabel ebrio / para tus manos suaves como uvas. Y las miro lejanas mis palabras. / Más que mías son tuyas.* Y las palabras fueron de ambos. Y las cuentas no se separaron del cuello de la muchacha.

Los padres de Guillermo protestaron por la elección de sus estudios. Te morirás de hambre. Trataron de disuadirlo en vano. Seré maestro. Y acabó muy lejos de su casa y muy seguro de haber optado por aquello que lo apasionaba, que le abría caminos al pensamiento, a la acción. Apoyado en las lecturas de Marx y Engels, estaba seguro que de ser las cosas más justas, se acabarían las guerras. Como la de Vietnam, por ejemplo, que arrasa poblaciones enteras. Guillermo no estaba solo, muchos jóvenes pensaban de esa manera. La propia historia de su región era un ejemplo más cercano de cómo se aniquila al diferente. Tribus enteras exterminadas o arrinconadas hasta los límites más infames desde siempre. Y si se ve, no es posible volver a la ceguera. La protesta estudiantil lo hizo de inmediato tomar partido. No iba a quedarse al margen de una lucha que buscaba mejorar las condiciones en un país tan azotado por el uso abusivo del poder de unos cuantos. Natalia también lo pensaba así.

¡Tam! ¡Tam! ¡Tam! resonaba el suelo. Estaban a punto de llegar al edificio de cúpula dorada. El ritmo de los pasos proseguía. También, el golpe del silencio. Desde la altura, frente a la multitud, el Almirante, de espaldas, señalaba con la mano un punto en el tiempo de la historia. Natalia sentía el peso y el calor de las piernas crecidos por la caminata. Y también sentía la proximidad del extranjero que apenas se separaba de su fila, para volver a ella siempre. Bajó la vista y constató la rigidez de sus pezones bajo su blusa bordada. Se perdió en la mirada azul del fotógrafo. Decenas de miles de personas formaban el contingente. Se volvió hacia Felipe y Celia que se habían tomado de la mano.

Cuando Natalia conoció a Guillermo, él ya era amigo de Tomás. Se habían conocido en el paradero del camión hacia C.U. Y habían coincidido en la entrega juvenil a los ideales de la época. Tomás estudiaba economía. Hacía tres años, a su hermano Juan, comenzando su internado en un hospital, le habían tocado los disturbios de los médicos. La indignación ante el rechazo del gobierno para atender sus demandas. Los volantes. Los granaderos. Las listas negras. La represión como amenaza de pérdida de empleo en boca del mismo presidente. La indignante renuncia forzada del rector. Los padres de Tomás habían llegado muy jóvenes al país huyendo de otra represión. Y su hermano Juan y él crecieron arropados por las conversaciones de familia y de amigos refugiados que esperaban, durante un tiempo muy largo, la muerte del caudillo. Ellos también se habían entregado a la lucha y debieron abandonar su patria para salvar la vida. Por eso ahora en esa casa se ofrecía un espacio para la inquietud del hijo que se rebelaba tal como ellos lo hicieron. Las cosas parecen cambiar, pero la triste realidad te pilla siempre.

La estatua ecuestre de Carlos IV, la figura gallarda del rey y su mal gobierno que la oscuridad del bronce ocultaba a los ojos. A los ojos brillantes de quienes erguían a lo alto dos dedos de la mano. Las columnas doblaban a la derecha. ¡Tam! ¡Tam! Natalia estaba cada vez más inquieta. La excitación de la multitud en silencio, el retumbar de los pasos y de su corazón que repartía sus motivos. La sonrisa intensa del hombre delineando su nombre. El rostro arrobado de Tomás con la vista perdida a lo lejos. El pelo flotando de Celia. Lejos quedaba todo lo otro. El mundo era esta gente crédula y esperanzada que avanzaba sin freno hacia adelante. Llegarían a la cita. Y entonces…

Las familias de Guillermo y Natalia sólo eran distintas en cuanto a la región donde vivían, con las diferencias del caso sintetizadas en tortillas de harina y de maíz. Y con la similitud de sus miras, de su apego a una conducta sancionada por la fe religiosa, o la costumbre. No estaban preparadas para la rebeldía de los hijos. Así sucedía en muchas otras familias. Acaso los padres recordaran la sangrienta historia pasada que ellos ya no vivieron, que les fue narrada. El millón de muertos estaba bien enterrado. El país, en calma, se había abierto como el cuerno de la abundancia en la pared de sus escuelas. Un cuerno que se prodigaba —inmensa ironía— hacia el amplio norte. Pero los aires del cambio flotaban por todas partes. Y los ojos se abrían con el vigor del reclamo.

A la derecha, el Hotel del Prado con su prestigio y su mural alterado porque había alterado a las buenas conciencias. Hasta los oídos de Natalia llegó un día el eco de aquella noticia, ya vieja, del grupo de gente que fue a apedrear la casa del pintor blasfemo. Sucedió hacía muchos años, pero ella no lo sabía. Te digo, hija, que los comunistas quieren apropiarse del país. Los murales son un horror y los pintaron a su manera para engañar al pueblo. Que no me digan que eso es arte. Y ahora los comunistas te están engañando a ti. Son el demonio mismo, y tú vas camino a ser excomulgada. Quieren cambiar nuestras costumbres e izar su bandera de la hoz y el martillo.

Qué lejos quedaban ahora aquellas palabras. Qué lejos había caminado ella con sus dudas a cuestas. Éstos son otros tiempos, por eso los gringos pretendieron invadir Cuba, por eso asesinan al pueblo de Vietnam. Mejor cambiemos de tema. Al pasar frente al Cine Alameda, Natalia recordó sus tiempos infantiles y su azoro ante el cielo lleno de estrellas del techo.

Guillermo y Natalia habían conversado mucho, no querían sentirse atrapados por intereses espurios cuando la búsqueda de ellos, de sus compañeros, era un reclamo ante la cerrazón del gobierno y sus fuerzas represivas. No debemos ser carne de cañón que beneficie a otros. Pero las fuerzas policiacas, el ejército, son una realidad, los que luchamos lo sabemos. En el costal siempre puede haber alguna manzana podrida, claudicar sería una cobardía. Así siguieron adelante a pesar de alguna tímida duda. No hay nada perfecto. El furor idealista de la juventud había tomado las calles. Y ahí habían estado ellos.

Benito Juárez los esperaba, como aquel Simón, el estilita, desde su alto sillón de mármol, rodeado de columnas y a punto de ser ungido con una guirnalda de laurel y de olivo; rodeado por la gente que se desprendía del hemiciclo para acompañarlos. El grosor de las filas era una clara afirmación a sus reclamos. Y el tam tam marcaba el ritmo de la marcha. Venceremos, decían los dos dedos alzados, las columnas. La actitud entusiasmada de todos. La figura esbelta de Felipe, su certeza. El silencio elocuente. El fotógrafo iba y venía como los otros. A veces Natalia lo perdía de vista para encontrarlo, luego, muy próximo a ella en el recorrido.

Sintió la mirada de Tomás que los abarcaba a ambos; se sintió culpable de esa insistencia del hombre que lo hacía descuidar su cometido. Sus ojos volvieron a encontrarse. Dos pares de ojos en un entendimiento que a ella le robaba de la entrega a Guillermo y, desde luego, también a sus convicciones. Pero no podía hacer más que levantar los dos dedos, así lo hacía.

Cierra tus ojos profundos. Allí aletea la noche. Ah, desnuda tu cuerpo de estatua temerosa. Y Natalia se había desnudado con placer auxiliada por las manos impacientes de Guillermo, por sus propias manos que hoy se elevaban en un signo, no queriendo recordar ahora aquellas caricias. En aquella habitación, el tiempo cobraba otra pausa. Sus muslos se agitaban en ese entrelazarse de ambos cuerpos. Sus lenguas callaban las palabras para retozar en la cavidad honda de las bocas. A hurtadillas, llegaban al minúsculo cuarto del muchacho eludiendo a la casera. Ahí, en ese sitio, en ese silencio cómplice al que eran obligados, serían la fiebre de los cuerpos y el grito insonoro, las señas del gozo. Natalia tocaba la orilla de la muerte, para renacer siempre de nuevo.

La sombra masiva del Palacio de Bellas Artes hundiéndose centímetro a centímetro, año tras año, ahora con el peso de la muchedumbre, se imponía con su mole apastelada. Al cruzar la avenida tomarían por la calle Cinco de Mayo. El último tramo de la marcha. Las columnas avanzaban imparables hasta alcanzar la plaza. La procesión del silencio que poco a poco llegaba a su meta. A la enorme explanada de cemento. A los viejos edificios coloniales, a donde despachaba el presidente. Un diálogo público para encontrar solución a las diferencias, para lograr el acuerdo.

Los contingentes arribaban a su destino y eran tantas las personas, tan fuerte el atronar de los corazones, tan grande el entusiasmo… La gente aplaudía en las ventanas. El zócalo lleno, lleno a reventar. Los oradores expondrían las peticiones. La noche azul se había dejado caer en el lento transcurrir de tantas horas. El mitin había empezado mucho antes de que llegara la columna donde iban Natalia y sus amigos. Las grandes pancartas que sobresalían por encima de las cabezas. Las antorchas encendidas y el estallido del Himno Nacional que celebró la hazaña. Los abrazos. El júbilo.

De pronto Natalia vio la mano del fotógrafo tendida hacia la suya. Entonces él pronunció su nombre, en un español muy cortado, y la invitó a tomar café en su hotel por las inmediaciones. Ella aceptó. En el cielo brillaban las estrellas.

Hemos perdido aun este crepúsculo. / Nadie nos vio esta tarde con las manos unidas / mientras la noche azul caía sobre el mundo.

Niágara

Primer acto

(*Un coche gris se orilla a la entrada de la carretera. Desde el interior, una mujer madura, de pelo corto color castaño, algo canoso, con una leve cicatriz en la línea de la ceja derecha, abre la portezuela. El hombre, que está parado en el borde, hace un gesto con la mano. Sonríe y se trepa de inmediato. Es alto de pómulos también altos, pelo gris y ojos aceitunados. Usa anteojos.*)

Hombre: No me atrevo a creer que te estoy contemplando. No, no puedo creerlo.

Mujer: Estuve a punto de no acudir.

Hombre: Pero estás aquí. Sería muy injusto perderte otra vez, después de tantos años.

Mujer: Después de una larga vida.

Hombre: Sí, después de una vida larga ya. Pero te digo que yo, desde lejos, te he tenido cerca.

Mujer: ¿De veras?

(*El hombre la observa con curiosidad. La mujer está atenta al volante.*)

Mujer: Parece una escapada adolescente.

Hombre: Mejor no hablar de escapadas adolescentes. En una de ellas te perdí para siempre. ¿Lo recuerdas?

Mujer: Tiempos remotos. Ahora queda el presente. Sólo el presente.

Hombre: Lo pasado es el pasado que no compartimos. Pero henos aquí para gozar de esta tregua que nos ofrece la vida.

Mujer: O la muerte.

Hombre: ¡No! Nuestro tiempo ha vuelto a tocarse. Hay tanto que quiero decirte. Que quiero escuchar de tus labios.

Mujer: Mejor disfrutar del paseo. No hay más instantes que éstos.

Hombre: Tú serás mi guía, yo jamás he visto las cataratas.

Mujer: *(Se estremece.)* Siempre suele haber un guía. Es casi inevitable. Pero quiero ir como si este paseo fuera, para mí, también el primero. Nada de guías, juntos iremos a gozar del prodigio, del estruendo del agua. Virgilio guió al poeta pero yo no soy Virgilio, ¿eres tú poeta?

Hombre: No, nada de eso somos. Yo sólo soy este hombre. Y tú eres la mujer que he soñado encontrar otra vez. Descubramos la emoción de tenernos. Que la fuerza del agua borre los demás pensamientos.

Mujer: Sí.

Hombre: Tuve miedo de que no aceptaras la cita. La vida nos llevó por caminos que nunca se cruzaron de nuevo. Pero hoy es hoy.

Mujer: Hoy es todo el tiempo que no tuvimos.

Hombre: Que se perdió una tarde de septiembre, hace…

Mujer: Nos prometimos este presente, sin nada más.

(El coche baja la velocidad a la entrada del parque. Hombre y mujer descienden. El ruido del agua acalla las voces. El hombre rodea con el brazo los hombros de ella. Ella lo mira a los ojos. Caminan. Tiempo después ambos llevan puestos impermeables.)

Mujer: Caminemos. Tal vez la vida consista en caminar siempre, y cuando te detienes…

Hombre: Pero no nos hemos detenido. Aquí, los dos frente al milagro.

Mujer: Milagro es sin duda. Y qué pequeños nosotros ante el embate de la naturaleza. ¿Te acuerdas?

Hombre: ¿Quieres que me acuerde?

Mujer: ¡No! Éste será el tiempo que nunca vivimos.

Hombre: Pero que viviremos hasta una profundidad mayor que la del desfiladero.

Mujer: Aquí se acaban las palabras.

Hombre: Aquí principia el reencuentro.

(Hombre y mujer descienden. El ruido del agua se modifica. Ambos miran hacia lo alto y hacia la profundidad. El espectáculo es sobrecogedor.)

Mujer: ¿Por qué me buscaste?

Hombre: Porque jamás he podido olvidarte.

Mujer: ¿En tantos años?

Hombre: ¿Me olvidaste tú?

Mujer: ¡No!

Hombre: Ya lo ves, tu vida y la mía siguieron un cauce menos ruidoso que el del agua y nos perdimos el uno para el otro. Ahora nos hemos hallado. Cargamos el peso de una pregunta.

Mujer: Que nunca imaginé responder.

Hombre: Responder no. Sólo apropiarnos de este tiempo nuestro. Lejos se ha quedado el mundo.

Mujer: No. Se trae a cuestas la fracción que a cada quien corresponde.

Hombre: Pero en cada peldaño iremos dejando los lastres. Y ahora estamos tú y yo sólo cubiertos por la protección de esta tela, lo demás se ha quedado desnudo.

Mujer: La vida se desbarranca desnuda como el agua, incontenible y vaporosa.

Hombre: Y hoy se derrama sobre nosotros con el vigor del encuentro.

Mujer: Desde estas alturas quisiera caer, caer hasta el principio de todo. Deshacerme en la caída. Ya no sentir.

Hombre: Si fuera posible volar... No lo es, no tenemos alas.

Mujer: Deshacerme en el agua, en el aire.

Hombre: Mejor guardemos silencio, acojámonos a este espacio donde el arriba y el abajo se despliegan para nosotros.

Mujer: Prosigamos el descenso. Acaso todo sea siempre un descenso.

Hombre: Escarbar en nosotros como el río en la roca.

Mujer: Sí, escarbar hasta el fondo del alma. Escarbar sin detenerse.

Hombre: Detente tú un momento y mírame de nuevo. ¿Pensaste alguna vez en aquel lejano proyecto nuestro?

Mujer: ¿Sientes el salpicar de las gotas de agua?

Hombre: No me has contestado.

Mujer: En cada una de ellas va un recuerdo de ti, de tus ojos felinos.

Hombre: Entonces acerquémonos más a la barandilla. Que su humedad sea la nuestra. Quiero soñar que tus recuerdos han sido muchos.

Mujer: Es inútil. El tiempo tiene sus propios designios.

Hombre: Así es, por eso estamos tú y yo hoy aquí.

Mujer: Grave locura.

Hombre: Quizá lo sea, pero no hay vuelta atrás.

Mujer: El agua te nubla los lentes, la claridad se te empaña.

Hombre: Jamás he visto más claro en mi vida.

(El hombre intenta besarla, ella se retira.)

Mujer: No lo hagas. Ya no hay tiempo.

(El hombre no insiste.)

Hombre: Sabré esperar.
Mujer: No me atormentes.
Hombre: ¿Escuchas?
Mujer: ¿Cómo no hacerlo?, el torrente nos sitia con su esta-
llido. Y el tiempo se acaba gota a gota. Gota a gota.
Hombre: Si en las gotas se reflejan tus pensamientos, en el
estruendo del agua se esconde mi voz que nunca libró
la garganta. Ahí se quedó empozada hasta hoy.
Mujer: No me atormentes.

*(El hombre está a punto de acariciar el cabello de la mujer.
Ésta le retira la mano con brusquedad.)*

Mujer: Mira el río allá abajo. ¿Cómo creer que su fuerza
ha desbastado la roca?
Hombre: Es la fuerza de la perseverancia. Su destino lo ha
hecho no ceder en su empeño. La certeza de labrar su
camino de agua deshaciendo lo demás a su paso.
Mujer: El camino pudo desviarse…
Hombre: ¡No! Así estaba previsto. Como nuestro encuentro.
Mujer: Debió pasar una vida.
Hombre: ¡Sh! ¡Sh! Es cierto, el tiempo ha corrido hasta
este momento. Tu vida y la mía se tocan ahora. ¿Qué
más podemos pedir?
Mujer: *(Suspira.)* Nada.
Hombre: Ven, acércate. Quiero sentir tu tibieza. Aquí ya
no es necesario protegernos del agua.

(Ambos se despojan de los impermeables.)

Hombre: Qué suave es tu piel.

Mujer: Tampoco yo he olvidado el tacto de la tuya. No lo
he olvidado nunca.

Hombre: Dejemos que el ruido del agua hable por nosotros. Yo no tengo palabras.

Mujer: Con los ojos cerrados, con los ojos abiertos, has
navegado siempre en mí. Tu joven figura, tus ojos brillantes.

Hombre: Tu pelo a los hombros. Tu tez de manzana.

Mujer: El tiempo siguió su camino. Y tú y yo ya no somos
aquéllos. *(Se observa y lo observa, sonríe levemente con
tristeza.)*

Hombre: No somos aquéllos, somos tú y yo en estos momentos. Y eso es suficiente.

Mujer: El río sigue su imparable trayecto.

Segundo acto

Hombre: La noche es muy larga.

Mujer: Y oscura como la muerte.

Hombre: La noche se prodiga para iluminarse en este cuarto
sin más luz que la nuestra.

Mujer: Tengo miedo.

Hombre: Y yo, la alegría de tenerte conmigo. *(La besa suavemente en los labios.)*

Mujer: Mejor será volver al ayer que es tu vida, que es la
mía. Nada ya tiene sentido.

Hombre: *(Vuelve a besarla.)* No hables, estas horas nos pertenecen. Ése fue el trato.

Mujer: Es inútil. No puede enmendarse el pasado y el presente es sólo artificio. Volvamos.

Hombre: Volvamos a encontrarnos en la piel que despierta como antes.

Mujer: Nada es como antes.

Hombre: Lo será hoy. Haz a un lado el tiempo que nos ha separado.

Mujer: No puedo.

Hombre: No te niegues a adueñarte de la noche.

Mujer: Noche es ya mi vida.

(Se abrazan.)

Hombre: Ahora yo seré el guía que te lleve por las regiones del gozo.

Mujer: ¿Tú, el guía? Si fuera de nuevo posible…

Hombre: Lo será si tú lo permites.

(El hombre le besa el cuello, ella tiembla.)

Mujer: Ha sido locura infinita.

Hombre: Locura es, ya lo sabíamos.

(Las manos del hombre tocan los pechos de la mujer que empieza a ceder a las caricias.)

Mujer: ¿Acaso es posible el regreso?

Hombre: ¡El encuentro! El encuentro que ambos hemos esperado siempre.

Mujer: Tiempo sin tiempo.

Hombre: La mañana queda muy lejos.

Mujer: Así es. La mañana está lejos. Manos y labios han de llevarnos por territorios que ahora despiertan.

Hombre: La oscuridad será nuestro faro, no temas.

Mujer: Naveguemos en ella. Con el alba volverá el otro tiempo.

Hombre: Con el alba que ahora se oculta.

(La luz del sol entra por la ventana del cuarto. La mujer ya aguarda en la puerta. El hombre la sigue.)

Mujer: El tiempo detuvo su paso tras estas paredes. Ahora volverá a tomar otra vez su cauce de río.

(El hombre cierra la puerta.)

México, D. F., enero 9 – julio 23, 2004

Agradecimientos

Mi agradecimiento a quienes me ayudaron a darle cuerpo a Waterloo, Ontario, Canadá:

Dianne Pearse; Lynne Daroch; Claire Lewis y Graciela Martínez Zalce.

Las muertes de Natalia Bauer se terminó de imprimir en enero de 2006, en Litográfica Ingramex, S.A. de C.V. Centeno 162, Col. Granjas Esmeralda, C.P. 09810, México, D.F. Composición tipográfica: Angélica Alva Robledo. Cuidado de la edición: Ramón Córdoba. Corrección: Lilia Granados y Kenia Salgado.

Certificado No. 02-2082